사랑을 사랑하게 될 때까지

작사가 조동희의 노래가 된

순간들

사랑을
사랑하게 될
때까지

작사가 조동희의 노래가 된

순간들

조동희 지음

한겨레출판

추천의 글

빛을 등지면 그림자가 보입니다. "빛이 있기에 생겨난 그림자"지만 정작 빛은 조금도 그림자를 침범하지 못합니다. 마찬가지로 우리의 기억과 마음 뒤편에도 음영 같은 것이 있습니다. 잡을 수도 없고 지울 수도 없는. 그러니 물끄러미 바라보는 것입니다. 그러다 슬쩍 한번 걸어 들어가보기도 하는 것입니다. 이 낯설고 캄캄한 먼 길 위에서 우리의 언어는 말이 아니라 노래입니다. 지금 다시 조동희라는 아름다운 언어가 막 도착한 것처럼.

_박준(시인)

———

난 내가 바랐던 멋진 사람은 아니예요.
그대 생각처럼 나는 강하지 않아요.
그저 가끔 울고 가끔은 웃는
그게 나예요.
_조동희, 〈그게 나예요〉, 2011

처음 조동희라는 뮤지션을 알게 된 건 고등학교 2학년 때였다. 새로운 음악과 뮤지션을 발견하는 것이 그날의 가장 큰 행복이었던 때. 우연히 들은 〈어린 물고기〉를 시작으로 몇 개의 앨범, 그 속에 담긴 음악들……. 그렇게 그녀의 이야기를 엿들으며 당시의 어린 나는 참 많은 위로를 얻곤 했다. '위로'라는 말. 어쩌선지 나는 그 단어를 썩 좋아하진 않지만 그때의 감정을 달리 표현할 말이 떠오르지 않는다. 그리고 짧지 않은 시간이 지난 지금의 나 역시 여전히 그녀의 이야기에 남몰래 기대는 날이 많다. 그사이 우리는 조용히 응원하던 팬과 가수에서 함께 음악을 하는 동료가 되었지만, 그녀의 음악을 들을 때만큼은 언제나 교복을 입고 집으로 돌아가는 꿈 많은 소년이다. 어김없이 시간은 흐르고, 그 사이사이에 소중히 꽂아 놓은 갈피 같은 이야기들. 나에게 그녀의 음악이 그랬듯 이번엔 그녀의 갈피를 하나하나 꺼내 펼쳐볼 차례다.

내가 바란 만큼 그리 멋지지도 강하지도 않은, 그저 가끔 울고 가끔은 웃는 무수한 '나'에게 이 책이 또 한 번 작은 위로가 되기를 바라며.

_정승환(가수)

―――――

'네가 다 안고 가'라는 말을 코트 속에 품고, '흰 달빛처럼 혼자서 걷는' 사람의 책.

_한강(소설가)

차 례

프롤로그

——

나
는

작
사
가
가

아
니
다

어느 비 오는 밤, 마음이 아련히 과거로만 달려가는 날이 있다. 그런 날엔 한 줄의 노래가 나를 찾아온다.

눈발을 흩이고 옛 얘길 꺼내
아직 얼지 않았거덩 들고 오리다
_송창식, 〈밤눈〉

1970년대. 소설가 최인호는 포크 음악을 하던 청년 가수들에게 노랫말을 써주었다고 한다. 서정성이 깊은 그의 노랫말은 당시 예술하던 젊은 마음들에 한줄기 빛이었을 것이고, 먼 시간을 지나 내게도 그렇다.

좋은 작가에게는 그만의 언어가, 그림이, 계절이 있다. 그것이 글자의 형태로 눈에 보이든 안 보이든 작가는 이미 알고 있다. 자신의 언어가 어떻게 가닿을지를. 어떤 그림을 그리며 사람들의 마음에 스미게 될지를.

언젠가 한 문학평론가는 이런 말을 했다. "시인이 시를 쓰는 것이 아니라, 시를 쓰는 사람이 시인이다."

노랫말은 어떨까. 작사가들만 가사를 쓸까? '작사가'라는 직업이 별도의 시험을 통과해야만 주어지는 자격이 아니듯, 음악에 있어, 노랫말을 쓰는 사람이라면 작사가이고 곡을 쓰는 사람이라면 작곡가이며 노래를 부르는 사람이라면 가수다. 그런 의미에서 작사가라는 직업은 우선 마음이 내리는 일이라고, 그다음에 라임이 있고, 훅hook이 있고, 세계관이 있는 것이라고 말하고 싶다.

작사를 두고 '글 몇 줄이야 아무나 쓸 수 있는 거 아니냐'고 생각하는 사람도 많다. 아무나 쓸 수 있다. 그러나 가사를 '잘' 쓰는 사람은 아무나가 될 수 없다. 살아온 삶이, 감각이, 취미가 읽기와 쓰기에 기울고 있을 확률이 높을 때라야 좋은 가사를, 잘 쓰게 된다.

만약 훌륭한 기술자로서의 작사가 시험이 있다면 나는 탈락일지도 모른다. 히트곡 수와 저작권료로 줄을 세워 작사가를 뽑는다면 이 또한 나는 탈락이다. 그리고 꼭 그래야만 한다면 나는 말할 것이다. "나는 작사가가 아니다"라고.

결국, 작사에 있어 가장 중요한 것은 기술도, 운도, 저작권료도 아니라 '지속성'이다. 얼마나 오래 이 일을 즐길 수 있는가 하는. 그리고 그렇게 즐기며 겪는 모든 감정과 현상을 노래로 만들어낼 수 있는가, 자신이 쓴 노랫말이 다른 이들에게 공감을 줄 수 있는가가 핵심이다. 그러니까, 이것은 애정이다. 음악과 사람에 대한.

사실 사람들의 생각만큼 직업인으로서의 작사가, 작곡가는 그렇게 낭만적이지 않다. 일하는 사람들이 출근과 퇴근을 반복하듯이 작사가 역시 일어나 많은 시간을 쓴다. 직업인으로서의 작사가는 조금 더 낮고 작은 것을 찾아볼 줄 알고, 보살필 줄 알고, 견딜 줄 알아야 한다. 그 후 피어난 어여쁜 꽃을 어디에서, 어떻게 포장해 팔 것인가를 생각해야만 한다.

나는 많은 꽃을 팔지는 못했으나, 평생 돌보고 싶은 꽃을 두어 개 품고 살아간다. 그리고 여전히 매일 새로운 씨앗을 뿌린다. 그중 잘 자란 꽃들이 누군가의 식탁에서, 침대에서, 기억하고 싶은 자리에서 그 순간을 포근히 안아주는 향기가 되기를 바랄 뿐이다.

가사의 운명

가사는 음악을 노래로 만들어
사람들에게 걸어가는 구두 같은 것
어떤 걸음은 귀까지만
어떤 걸음은 입까지만
어떤 걸음은 가슴 깊이 걸어 들어간다

그 걸음에 아이의 시작이 있고
설레는 첫 편지가 있고
잠 못 드는 밤이 있고
혼자 견디며 마시는 술이 있다

음악을 좀 더 세심히 모든 이의 경험으로
스며들 수 있게도 해주는 것
가사의 운명이다

한 줄에 울고

한 줄에 웃고
그 한 줄로 살아갈 힘을 얻는다

모든 글쓰기가 그렇듯이
가사를 쓸 때는 마음의 서랍을 하나하나
열어보게 된다
나쁘고 좋았던 수많은 경험과 그 감정들
놓치지 않고 충분히 새겨놓았다면,

노랫말을 쓴다는 것
그것은 내 마음속 깊이 숨어 있는 한 장의
사진을 오래오래 간직하는 방법이며
그 찰나의 순간이 얼마나 소중하고
아름다운 것이었는지 깨닫는 행운이다.

여기 나의 일기장 속 글이
당신의 마음 깊이 걸어 들어갈 수 있기를
그 수풀에 꽃이 피어나기를

1장

소
녀
는

어
른
이

되
고

●

반듯한 화초처럼 앉아 책상 정리를 한다.

윤이 나게 삭삭 닦고 필기구들도 가지런히 정리한다.

차를 우려내어 곁에 둔다.

향기와 온기가 내 기억 속 숨어 있는 봄날 햇살까지 불러

올 때

그것이 진짜 있었던 일인지, 내가 꾸었던 꿈인지,

아니면 그저 내 무의식 속 소망인지 확인할 길이 이제는

없다.

재주랄 것도 없는 노랫말을 오랫동안 썼다.

멜로디를 입고 누군가의 목소리를 빌려서.

어떤 이야기는 사랑받았고

어떤 이야기는 그저 몇 명만 아는 것이 되었다.

느리지만 꾸준히 써왔고,

다행히 아직 쓰는 일이 가장 재미있으니

그것이 행복 아닌가 생각한다.

나는 어디까지 올랐나 생각하지 않고

나는 어디로 가는 걸까 생각한다.

방향은 있지만, 높이를 바라보지 않는다.

걷던 길은 언덕이지만 그도 기나긴 길의 일부일 뿐,

치열하게 등반하듯이 살고 싶지는 않다.

아쉬운 것 없는 사람보다는

아쉬울 것 없는 사람이 되고 싶기에

돌아본다.

기억이 허락하는 저 어린아이였을 때부터의 나.

십 대
소녀

십 대 소녀인 나?

그 애가 갑자기, 여기, 지금, 내 앞에 나타난다면,

친한 벗을 대하듯 반갑게 맞이할 수 있을까?

나한테는 분명 낯설고, 먼 존재일 텐데.

태어난 날이 서로 같다는

지극히 단순한 이유만으로

눈물을 흘려가며, 그 애의 이마에 입맞춤할

수 있을까?

_비스와바 쉼보르스카, 〈십 대 소녀〉,《충분하

다》, 문학과지성사, 23쪽

생일날 선물로 받은 시집《충분하다》를 집어 들었다가
눈물을 흘리고 말았다. 어떤 오후에는 해가 지는 것을 잊
은 채 불빛 없이 멍하니 앉아 있곤 하는데, 그러다 보면
기억의 서랍 속 맨 아래 칸에 깔아놓았던 십 대 소녀를
만나기도 한다.

언젠가 인터뷰 때 만난 기자가 나를 선배님이라 불렀다. 이유를 물어보니 잠실여고 출신이라 한다. 우리는 하염없이 추억에 사로잡혀 이야기하다가 잠실여고 앞에서 다시 만나기로 했다.

약속한 장소에 도착해 많이 변한 학교를 기웃기웃 바라보고 있었는데 경비 아저씨가 호통을 쳤다. 코로나로 인해 외부인은 출입금지라고. 모교를 옛 애인 보듯 멀찍이서 애틋해하고 있을 때 후배가 나타났다. 우리는 추억이 된 기억을 회상하며 잠실을 걸었다.

나는 지금도 잠실의 작은 골목골목을 모두 기억한다. '아빠 없는 아이'라는 것을 숨기고 싶어 애써 밝은 척을 했지만, 사실 나는 혼자 걷고 사색하는 걸 좋아하는 작은 몽상가였다. 골목 끝 만화방에서 순정 만화를 읽다가 엉엉 울어버리고, 만화 속 주인공과 사랑에 빠지고, 학교 수련회 때는 망사 스타킹을 손발에 끼고는 신디 로퍼 Cyndi Lauper의 〈쉬 밥She Bop〉을 부르며 내겐 뭔가 그들과 유사한 DNA가 존재한다는 착각에 빠지던 그 시절, 잠실은 플라타너스가 많았다.

칸막이 독서실에서 공부보다는 설렘을 배우고, 길거리 스넥카에서 김밥을 먹던 가엽고 빛나는 소녀의 십 대는 무사히 무르익었다. 그 잠실에서, 그 플라타너스처럼.
이제는 가끔 찾아오는 그 아이의 등을 말없이 쓰다듬어 주고 싶다.

고생했어. 보통을 향한 그리움, 동경, 쓸쓸함 속에서도 초록을 잃지 않은 너에게, 이제 이 말을 해주고 싶다.
너의 수많은 물방울은 이제 강물로, 바다로 흘러들어 갔다고. 덕분에 더 넓고 평온해졌다고. 지금의 나보다 훨씬 무모하고 막막했던 십 대 소녀는 이제 어지간한 일에 눈물 흘리지 않을 수 있게 되었다고.

몸보다

큰 가방

엉성한 시멘트 발린 수돗가에는 물기 마를 날이 없었다. 네 평 남짓했던 마당엔 몇 포기의 풀, 이젠 잘 볼 수 없는 쇠 펌프, 붉은색 고무 대야, 주황색 바가지가 햇볕에 바래 반짝이고 있었다.

나는 다섯 살.

오래된 그림 한 장처럼 이 장면이 기억나는 것은 내가 자주 마당에 나와 멍하니 앉아 있었기 때문인데, 조금은 심심하고 지루해서 늘 어딘가 멀리 가고 싶었다.

눈을 감으면,

그 작은 마당 한구석, 늦잠을 자고 나와 게으르게 쬐던 햇볕. 하얗게, 오렌지처럼, 칠흑처럼 아른대던 빛.

눈을 감으면. 내 곁엔 항상 어디선가 받은 낡은 트렁크가 있었는데 툭하면 거기에 인형, 옷가지, 아끼는 장난감들을 넣어 집을 나왔다. 엄마가 빨래하는 틈을 타 그 바퀴 가방을 끌고 동네를 돌아다니다가 할머니네 가겠다고 울기도 자주 울었다.

나는 다섯 살.

늘 어딘가로 가고 싶었던 모양이다.

여기가 아닌 저기

'여기'가 없는 '저기'.

소녀의

별

뾰족하게 연필을 깎아 의자에 앉는다.

낡은 책상 하얀 종이 위 생각이 떨어진다.

어떤 날은 사각사각 물 흐르듯 쓰이던 글이

또 어떤 날은 나를 떠나 허공에 맴돈다.

눈을 감으면 아른거리는 어느 언덕의 기억.

어린 소녀가 달리다 넘어지고

주위엔 아무도 없다.

누군가 내민 손도 선뜻 잡지 못한다.

구름이 훨훨 저녁 너머로 흘러가고

소녀의 머리 위로 별이 찾아올 때

별 하나마다 이름을 붙여 불러보아도

언제나 멀리서만 빛날 뿐 따뜻하지 않아.

어리고 가벼운 마음 길을 잃었을 때

다시 돌아올 곳이라곤 낡은 책상뿐이었네.

소녀는 어른이 되고

난 내가 바랐던 멋진 사람은 아니에요.

별 한 일 없이 그저 그렇게 살아가죠.

늘 지나치는 집으로 가는 골목길에

흰 꽃이 피면 이유도 모를 눈물이 나죠.

괜히 큰소리로 내일을 얘기하지만

그저 가끔 울고 가끔은 웃는

그게 나예요.

난 가진 것도 잃을 것도 없는 사람

더 멀리 가려 달려봤지만 다시 이 자리

좀 더 좋은 사람을 그대는 원했었나요.

그대 생각처럼 나는 강하지 않아요.

괜히 큰소리로 사랑은 없다고 말했죠.

거짓 없는 나일 뿐이야.

그거면 되잖아요.

늘 지나치는 집으로 가는 골목길에

흰 달빛처럼 혼자서 걷는 그게 나예요.

_ 조동희, 〈그게 나예요〉, 2011

아빠와
동백나무

겨울 동백섬은 어떨까.

해운대에서 육로로 이어지는 자그마한 섬. 동백나무 그늘 밑에서 한 바퀴 걷고 나면 그만인 작은 섬이지만 한나절에도 드나드는 사람들이 참 많은 동백섬.

1980년대 우리 집은 '베란다에 나무 많은 집'으로 불렸다. 아빠는 하도 오래되어 보풀이 일어난 베이지색 니트를 즐겨 입으셨는데(지금도 그 옷을 떠올리면 담배 냄새와 홍차 향이 섞여 난다), 그 옷을 입고는 주로 돌아앉아 글을 쓰거나 나뭇잎을 닦으셨다. 고무나무, 치자나무 …… 그중 으뜸으로 예뻐하시던 것이 바로 동백나무다.

동백나무는 겨울에 꽃이 피었다. 신기하고 기특하고 용맹한 빨간색 꽃이.

겨울에 피는 동백의 꽃말은 겸손한 아름다움이고

가끔 겨울이면, 특히나 힘든 겨울에는 동백꽃이 생각난다.

동백섬 동백나무 꽃그늘 아래 꽃잎들의 얼굴이 반짝 빛난다.

눈을 감으니 아빠의 얼굴도 조용히 웃고 있다.

동백꽃

어린 날 검둥이가 있던 겨울
난롯가 반짝이던 잎사귀
낡은 스웨터 걷어 올린 손
당신은 한 잎 한 잎 반짝이게 닦고 있네
두꺼운 안경 너머 흐려진 시력으로
기특한 겨울의 초록빛을 보다
나를 보며 웃던 얼굴
당신에게 나 작은 꽃 같았을까
어느 날 아침 빨갛게 틔운 꽃
아빠는 그걸 봄이라 했네
어떤 겨울 속에도 어김없이
피어나는 봄

여덟 살의

봄

어느 봄이었나

빨간 양산에 흰 뾰족구두

한껏 멋을 부린

당신 곁에서 우쭐하던 나

작은 손바닥에

낙서 자욱들 지―워져갈 때

그대 더 이상은

나의 기쁨이 아니게 되고

그 여린 맘, 힘들었을 날들에

나 언제나 수많은 돌 던져대도

동그란 연못처럼 모두 삼키고 말던

그땐 어렸기에

멀리 있는 것만 좇았네

영원할 것 같던

그대의 봄날은 어디로 갔나

늘 들뜨고 모자라던 내 맘이

이제 다시 집을 찾아 돌아왔지만

누구도 나를 반기지 않네

어느 봄이었나
빨간 양산에 흰 뾰족구두
한껏 멋을 부린
그대의 봄은 어디로 갔나
그대의 봄은 어디로 갔나

사과들은

나무 상자에

누워

사과 상자를 접어서 버릴까 생각하고 있자니 어디선가 오래된 나무 냄새가 풍겨왔다.

어릴 때 보았던 사과들은 종이가 아닌 나무 상자에 얌전히 앉아 있었다. 그 표면의 거친 나무 가시들이 지금도 손을 찌를 듯이 생생히 떠오른다.

어느 초여름, 아빠가 과일 상자를 이용해 만들어준 마론인형의 집. 당시에 나무로 된 과일 상자는 의자가 되고, 테이블이 되고, 반짇고리가 되곤 했는데, 놀잇감이 마땅찮던 내게 그 인형의 집은 더없이 소중한 선물이었다.

나는 '상자'라는 단어를 듣거나 읽을 때면 그 마론인형의 집이 가장 먼저 생각난다. 나의 첫 기쁨이었던 상자. 내 마음의 작은 집이었던 그 상자.

그 안에 넣어두고 소중히 꺼내보던 것들은 파란 눈의 예쁜 인형뿐만이 아니었다. 인형을 들고 종알거리던 어린 목소리, 엄마의 잦은 잔소리, 해 질 녘 친구들의 웃음소리, 자주 깜박이던 형광등 소리, 마음대로 부르던 내 노랫소리들이 모두 그 작은 집 안에 모여 살았다.

그렇게 나는 어느새 어른이 되었지만, 사과들이 누워 있던 나무 상자에, 시큰하게 나를 부르는 풋사과 향기의 기억 속에 누워 잠시 오늘의 무게를 잊는다. 파릇파릇한 웃음을 짓는다.

갖고 싶어 조르던, 옆에 눕히면 눈을 감는
파란 눈 인형을 안았던 날
아빠가 몰래 놓아준 자전거
처음 혼자 두 바퀴로 달렸던 길
무섭기로 유명한 고모가 보내준
머나먼 나라에서 온 하얀 원피스
아무도 없는 집, 이거 한 권이면 족해
온갖 만화들이 가득한 보물섬 당월 호
스칠 줄 알았던 너의 눈빛
설레는 편지를 받았던 날
처음 쓴 가사가 노래 되어
라디오에서 나오던 어느 겨울

날리는 모래바람 쏟아지는 별들이

나를 포근히 덮어주던 사막의 밤

떨어져 있어도 다정하던 친구

오래된 믿음과 예쁜 손

그 모든 기쁨의 순간,

상자 속에 넣어 봉해둘 거야

시간을 따라 달아나지 못하게.

민트색
온도

바닷바람은 내 머리카락을 수평으로 날려
아무리 웃어도 사진은 실패였지.
오늘의 날씨는 바다를 위한 것.
끊임없이 투명을 불러와 결국 떠오르게 했어.
검은 돌 평평한 구석에
작은 소라 껍질들이 떠밀려 모여 있었는데
참 이상하지
왜 그 순간 그 소리가 들려왔을까.
고개를 숙여 귀를 기울여도
위―잉
아무리 들어도 바닷소리 같지는 않았는데
아빠는 자꾸 바닷소리가 난대.
일곱 살 귀에는, 그저 그 안에 숨어 사는
소라의 울음.
해저 구만리에 잠긴 보석함 속
왠지 나만을 위한 목걸이가 있을 것 같아,
그 생각만으로 하루가 가던 날들이었어.
보호막이 있었을 때. 걱정도 놀이였을 때.

오늘 내 앞의 민트색 바다는 서늘한데

그리운 온도 투명한 그 속에

당신의 웃음이 자꾸 일렁거려서.

저녁
나절

soir, soirée

해가 질 때부터 밤이 되기 전까지의 저녁 시간.

저녁나절에 아이들은 모두 집으로 돌아간다.

그때가 되면 기다림을 넘어 그리움에 관해 쓰고 싶다.

등을 달구던 붉은 해
서쪽 하늘로 떠나가고
푸른 어둠이 데려온
작은 별이 노래할 때

난 또 누굴 기다리나
이 저녁나절
저 달보다 멀리 있는
그대 이름 떠올리면
여름 꽃향기
내 맘을 이렇게 안아주는데

길 없는 길을 걷는 듯
꿈 없는 꿈을 꾸는 듯이
텅 빈 마음이 몰고 온
그리움이 춤을 출 때

난 또 누굴 기다리나

이 저녁나절

저 달보다 멀리 있는

그대 이름 떠올리면

여름 꽃향기

내 맘을 이렇게 안아주는데

_드니성호, 〈저녁나절〉, 2020

새들의

탈출

누군가 너무나 새를 사랑했었네

언제나 그의 곁에 두고 싶어 했었네

튼튼한 자물쇠로 새를 가두고

그 노래를 듣고 싶어 했지만

그 새는 노래하지 않았네

노래할 이유들을 잃었네

새는 언제나 날아가고 싶어 해

그건 그들만의 자유야

_원더버드, 〈노래하지 않는 새〉 중, 1999

'다시 태어난다면 무엇이 되고 싶습니까?'

웹사이트의 비밀번호 분실 시 사용할 질문을 보고 한참
을 생각했다. 그저 할아버지 성함 같은 걸 골랐으면 될
것도, 어린 나는 그냥 넘어가는 법이 없었다.

아빠가 돌아가셨을 때, 상에 떠 놓은 쌀 그릇 위에는 새

발자국이 찍혀 있었다. 그 모습을 보고 사람들은 아빠가 새가 되어 날아갔다는 둥, 새로 환생하실 거라는 둥, 원래 아빠는 새였다는 둥 야단이었다. 난무하는 설화와 위로를 뒤로한 채 나는 한 날을 생각했다. 낚시를 좋아하시던 아빠를 따라 파로호에 다녀오기로 했던 그날.

우리 집에는 당시 가정집에서 잘 키우지 않던 십자매 한 쌍이 있었다. 나는 언제나 짹짹거리던 그 아이들이 낚시를 다녀오는 동안 잘못될 수도 있다는 생각은 꿈에도 못 했다. 그저 여기저기 모이를 놓아주면 잘 살아 있으리라 여겼다. 하지만 집에 돌아와 내다본 베란다의 사정은 달랐다. 새장은 문이 활짝 열려 텅 비어 있었고 새들은 멋지게 새장을 탈출했다.

새에게 멀리멀리 날아가는 자유를 찾는 일이란 어쩌면 너무 자연스러운 일이다. 그래서 나는,

새.

비밀번호 확인용 질문에 언제나 '새'라고 답한다.

어린
물고기,
2011

가끔 누가 보든 말든 엉엉 울어버리고 싶을 때가 있어.

꾹꾹 참았던 눈물이 엉뚱한 데서 터지는 그런 경험,

아마 한 번씩은 있을지도 모르겠어.

우린 어느새 어른이 되어

많은 도덕과 규율 속에 살고 있지만,

우리 마음속엔 아직 맑은 어린아이가 살고 있어.

마음대로 웃고 마음대로 울고 싶은 그런 아이.

오늘 새벽 참 외롭다.

외로움은 나의 힘, 내 열정의 도화선, 내 우울의 젖은 바닥.

그 바닥에서 파닥이며 생명을 얻어가는 어린 물고기.

수십 개의 얇은 가면을

저기 바람이 통하는 곳에 잘 말려놓아야지.

내일 또 필요할 테니까 말이야.

엄마

아직 나는

어린 물고기잖아요.

어디로 갈지 모르는

혼자 가긴 너무 먼

차가운 바닷속

파도 소리 귓가에

들려오는 밤이면

내 맘은 설레죠.

저기

바다 위에

푸른 하늘이 보고픈

멀리 날으는 새들의

날갯짓이 그리운

내 맘을 아나요.

오늘도 난 꿈꿔요.

모두 잠든 바닷속

스미는 달빛을

무늬

오래된 셔츠에 검은 펜 자국
언제 묻은 걸까. 서투른 낙서
그 옆에 어딘가 뜯긴 자리
어디서 긁혔나. 아이의 마음은
지나온 시간 위 실수의 흔적
얼룩이 어느새 무늬가 되어
지금의 내 모습 만든 걸 테니
이 세상 나만의 꽃수를 놓아요

이불 속 엎드려 읽던 동화책
으스스 창문 위 나무 그림자
사라진 그림이 머금었던 꿈
손이 기억하는 마음의 무늬들을

기억의

질감

지인에게 LP를 선물받았다. 지금까지 봐온 두꺼운 검정색 LP가 아니라 설탕물을 말갛게 녹여낸 듯 신비로운 투명색 판이었다. 지인은 이 투명 LP가 검정 LP보다 탁한 소리가 날 거라고 귀띔했지만, 실은 집에 턴테이블이 없던 나는 처음 보는 이 예쁜 물건을 들어보지 못했다. 그럼에도, 들을 수 없는 LP를 가진 내 마음은 왜 그토록 설렜을까.

징, 징, 징기스칸. 듣기만 해도 호기로워지던 이 노래는 그 옛날 잠실 개발과 함께 성냥갑처럼 지어진 콘크리트 아파트의 삭막함으로 상기된다.

그때 당시 집에 있던 턴테이블에 데모 LP로 들어 있던 것이 저 징기스칸 곡이었다. 나는 이사 온 지 얼마 안 된 그 높고 낯선 곳에서의 허기를 달래고자 전축 세트에 집착했다. 유치원도 다니지 않는 어린 소녀의 유일한 장난감이었던 전축. 아빠가 퇴근길에 사 들고 오신 차이콥스키는 내가 듣기엔 수면제나 다름없었고, 오빠가 가져다준 〈조동진 1집〉은 내게 듣기의 세계를 열어주었다.

하루 종일 오빠의 1집을 듣고 가사를 음미하다 보면 전

축 바늘 끝에 먼지가 슬어 붙어 있었고, 그걸 조심스레
쓸어내는 것이 나만의 은밀한 쾌감이었다.

가죽 잠바를 입은 장발의 말 없는 청년 조동진. 내 기억
속 오빠는 늘 그랬다. 말하기보다 듣는 걸 좋아하고 좀
처럼 감정의 기복도 보이지 않던 그는, 그의 노래와 참
닮았다.
4년 전 여름, 몸이 불편하시다는 소식에 심장이 덜컹했으
나 이렇게 빨리 떠나실 줄은 몰랐기에 남아 있는 추억과
노래가 더욱 그리워질 뿐이다.

긴긴 다리 위에 저녁 해 걸릴 때면,

내가 좋아하는 너는 언제나, 바람 부는 길.

오늘 이 LP를 보니 그때의 투박한 질감이 떠오른다. 그
리고 곧 잊힌 첫사랑을 생각하듯 설렌 웃음을 짓게 된다.

많은 전문가에게 턴테이블을 추천해달라고 하면 적게는 10만 원부터 수천만 원까지 다양한 상품들을 내놓는다. 소리의 세계에 빠지면 끝도 없다는데, 나는 가끔 그립다. 밤늦도록 흑백 TV에 꽂아 몰래 듣던 모노레시바. 전파가 안 좋아 쇠젓가락을 걸쳐 놓고 겨우 듣던 라디오 소리. 하도 많이 들어 냉동실을 들락날락하던 늘어진 테이프. 그 모든 기억의 로우엔드.

이 시대의 우리가 레트로 코드를 통해 찾고 싶어 하는 것은 어쩌면 이런, 기억의 질감들이 아닐까.

부족함의
역할

남산이었나. 주광색의 불빛이 번지던 공간. 돌아오는 택시 안, 고단했고 잠이 들었다.

영화감독이셨던 아버지는 회의를 마치고 들어오는 날이면 술에 적당히 취한 채 아베마리아를 즐겨 부르셨다. 영화사 사람들이 집에 오는 날이면 "희야" 하고 나를 불러 노래를 시켰고, 달가운 마음에 노래를 부르면 손님들이 용돈을 이마에 붙여주었다(춤까지 추면 더블).
유치원은 다니지 않았다. 당시 아버지가 제작하시던 영화가 망해 그 흔한 그림책도 없었고, 50권짜리 동화 전집 중 반 세트를 구매한 25권이 전부였다. 그 책에는 가물에 콩 나듯 아주 작은 삽화가 들어 있었는데, 오히려 그게 숱한 몽상과 상상력의 자극제가 되었던 모양이다.

아버지가 돌아가시고 '슬픔'이란 단어를 처음 알게 된 것은 아니다. 그때는 그 감정이 무엇인지조차 몰랐다. 아득하고 차갑고 꿈결 같고 구석 같고 껍질 벗겨진 삶은 달걀 같고…… 오히려 나는 친구 많던 아이여서 괜히 혀

끓는 소리를 듣고 싶지 않아 꽤나 노력하는 쪽이었다. 어린 나이부터 겉으로 티 내지 않으려고, 많은 일을 스스로 결정하는 자주적인 여성이 되어야 했다.

고백하건대 만약 나에게 부족함이 없어서 상상력을 키우지도, 슬픔을 알게 되지도, 자주적인 여성이 되지도 않았다면 과연 나는 무엇을 하고 있을까. 또 내가 돈에 욕심 없는 마음으로 음악을 해왔다면 지금까지 할 수 있었을까. 만약 음악으로 돈을 벌지 못했다면 나는 계속할 수 있었을까. 음악으로 생활을 할 수 있었기에 나는 여기까지 올 수 있었고, 음악으로 돈을 벌 수 있다는 건 내가 아주 형편없진 않다는 것이리라 위안도 한다.

부족함을 양분 삼아 내가 가진 무언가를 시간과 돈을 쓸 '가치' 있는 것으로 만들기. 그렇게 노랫말을 쓰고 노래한 지 25년이 흘렀으나 작품 또한 많지는 않다. 그러나 느리지만 꾸준히 써왔고, 나는 아직 쓰는 일이 가장 재미있으니 이 역시 다행 아닌가 싶다.

2장

직업인으로서의 작사가

어렸을 때, 하고 싶은 이야기에 음을 붙여 흥얼거리는 경험. 나는 그것이 진짜 노래라고 생각한다. 마음속의 이야기가 음의 옷을 입고 입 밖으로 나오는 것. 모두가 만들수 있고, 부를 수 있는 마음의 소리. 그런데 어째서 어른이 된 후에는 노래방에서 노래 부르는 것조차 쑥스럽고 어려운 일이 될까?

노래는 우리 모두가 가장 쉽게 행복해지는 방법이라고 생각한다. 나의 이야기를 가장 아름답게 전할 수 있는 수단이기도 하고. 물론 아무나 전문적인 음악가가 될 수는 없겠지만, 오선지 위의 음들이 각자 다른 소리를 내기에 하모니가 생기듯이, 우리가 각자의 자리에서 자기만의 이야기로 노래를 부를 수 있다면 다른 사람의 노래에도 귀를 기울이게 되지 않을까. 또 그만큼 세상이 더 반짝 빛날 거라 믿는다.

스무 살 적에 우연한 기회로 작사가를 시작하며 싱어송라이터, 음악감독으로도 일을 해오고 있지만 나는 역시,

반평생을 해온 '작사가'로서의 일이 가장 설레고 즐겁다. 지금도 나는 아침에 눈떠서 잠에 들기 전까지 적어도 하루에 한 편, 가사를 쓴다. 그것은 한 줄일 때도 있고, 긴 산문일 때도 있고, 단순히 한 단어일 때도 있지만, 매일 쓴다.

주변에서 가사를 잘 쓰는 비결이 무엇이냐고 물어올 때마다 생각한다. 비결은 없다. 보고 듣고 느끼는 모든 것을 노래로 치환하는 습관 같은 게 있을 뿐.

작사란
자기 이야기를
완성하는
방법

작사 수업 '작사의 시대'에서 내가 웃고, 울고, 마음 밑바닥까지 쏟아내며 가르치고 싶었던 건 '나만의 노래'였다. 나를 지켜줄 나만의 노래. 작사는 결국 자기 이야기를 완성하는 법이고, 그 방법에는 몇 가지 원칙이 있다.

1. 가사는 쉬운 말로, 낯설게 표현해야 한다.

가사는 노래를 위한 문학이다. 그러나 시나 산문, 소설처럼 개별적이지 않고 멜로디와 하나 되어 완성되는 것이다 보니 다소 의존적인 문학이라고 볼 수 있다. 누군가는 가사를 문학이 아닌 음악 산업의 일부로 보기도 하는데, 이 역시 맞는 말이라고 생각한다. 가사는 문학이자 산업이고 청각이자 시각이니까.

2. 시대를 타지 않도록 하는 게 중요하다.

유행어, 줄임말보다는 어느 시대에나 통용될 수 있는 보편적 언어를 사용해야 한다. 그렇다고 그 시절의 시대정신, 자신의 나이에 할 수 있는 이야기를 전부 숨길 필요는 없다.

3. 디테일은 생명이다.

가장 개인적인 일을 쓰기 시작하면 내러티브에 자신감이 붙게 된다. 그다음 인물을 분석하듯 화자를 자세하게 분석해야 한다. 디테일이 좋을수록 가사는 작사가의 이야기에서 청자의 이야기로, 청자의 보편적 정서에 다가가기 때문이다. 이렇게 말하면 하고 싶은 이야기를 다 풀어내는 것도 어려운데, 그걸 음절에 맞춰 줄이고 문장과 단어들 사이사이 함축된 의미도 넣어야 하냐며 못 해먹겠다 하는 사람이 많다. 음악이나 여타의 기술, 모든 창작이 그렇듯 가사도 오랜 시간, 훈련에 의해 만들어진다. 가끔 표현력, 리듬감, 본능적인 라임이 뛰어난 사람들이 있기는 하다만, 그들도 알고 보면 음악에 가까운, 본인도 모르게 음악적인 무언가가 체화된 사람일 확률이 높다.

4. 노랫말에 생동감을 주어라.

우리에게는 오감이 있다. 시각, 청각, 후각, 미각, 촉각 중 하나를 꼭 포함한 문장을 만들어 공감각을 표현해보는 것이 좋다. 또한 의태어, 의성어를 넣거나 도치법(문장의 서술을 바꾸어 변화를 주는 수사법)을 이용해 문장을 낯설게 만듦으로써 흡입력을 높이고 강한 인상을 주자. 예를 들어, "어서 돌아와!"처럼 긴박한 감정을 나타낼 때는 흔히 행동이나 상태를 나타내는 말이 문장의 맨 뒤에 놓인다. 반면 이를 "돌아와, 어서!"로 바꾸게 되면 '어서'라는 부사가 강조되면서 상황의 긴박함이 극대화되고 생동감이 부여된다.

5. 메모를 습관화해라.

모든 노래는 최초의 메모가 중요하다. 브레인스토밍하듯 최대한 많은 양을 써놓는 습관을 들이게 되면 나중에는 습작 없이도 글자 수에 맞춰 한 번에 써 내려가는 경험을 할 수도 있다.

6. 다 된 것 같을 때 한 번 더 보자.

가사는 다 되었다 싶을 때 보고 또 봐야 한다. 더 이상은 뺄 게 없다 싶을 때도 잔가지들은 분명 발견된다. 굳이 도움이 안 될 문장들은 과감히 빼는 것이 좋다.

7. 영화감독이라도 된 것처럼.

마치 한 장의 엽서에 그림을 그리듯 단 한 장면의 묘사라
도 구체적으로 하는 게 좋다. 자신이 영화감독이라 생각
하고 듣고 있는 음악이 어떤 장면에 쓰이게 될지 상상해
보자. 정작 노래에 그것들이 다 나타나지 않을지라도 작
사가의 마음속에는 이미 이야기가 완성되고, 그로 인해
노래에 스토리가 만들어진다.

작사는 우리의 삶이 그러하듯이 모든 디테일을 그러쥐고
단순한 삽화를 그리는 일이다.
많은 것을 알지만 말을 아끼는 사람처럼 고고한, 아름다
운 노래가 그리 쉽게 나오지는 않을 것이다. 그러나 나의
것부터 반복하여 생각하고, 쓰고, 지우다 보면 어느 순간
나만의 이야기가 생기고 나만의 언어가 몸에 배게 된다.
작사의 매력은 그렇게 체화된 언어로 그 누가 부른대도
이질감이 없는 나만의 이야기를 만들 수 있다는 것이다.

너는
자꾸

작사를 시작하고 저작권협회에 첫 곡을 등록했을 때의 감동은 오래가지 않았다. 다른 사람이 쓴 곡에 맞춰 가사를 입히다 보니 하고 싶은 말을 꾹 참아야 하는 순간이 생겨버린 탓이다.

"곡은 어떻게 쓰지? 그래, 나 이제부터 곡 쓸 거야!"

하고 싶은 일이 생기면 말부터 던지고 보는 나는, 약속 어기는 걸 지극히 싫어하는 타입이라(쉽게 사서 고생하는 스타일이랄까) 던져둔 말을 따라잡으려 무던히 노력했다.
그렇게 기타의 코드를 독학하고, 아무 이론 없이 손가락을 오르락내리락하며 만든 나의 첫 노래는 반항 정신 가득한 록 음악이었다.

너 그렇게 해서 되겠냐고
자꾸 틀렸다 말하는 사람에게,
자꾸 늦었다 말하는 사람에게
나는 아직 꿈을 꾸고 싶다고 소리치는 노래.

너는 자꾸 날 틀렸다고 말하지

처음부터 모두 틀린 건 아닐 텐데

너는 자꾸 내 잘못이라 말하지

처음부터 모두 잘못된 건 아닐 텐데

너는 자꾸 힘들다고만 말하지

나도 많이 지쳐가고 있는데

너는 자꾸 날 가두려고만 하지

나는 멀리 날아가고 싶은데

너는 자꾸 늦었다고만 말하지

나는 뭐든 시작할 수 있는데

너는 자꾸 비웃으려고만 하지

나는 아직 꿈을 꾸고 싶은데

하얀 구름 위로 떨어지고 싶어

처음처럼 나를 반갑게 맞아줘

아스팔트처럼 갈라져버린 건

너와 나의 사이만은 아닐 텐데

너는 자꾸 어떤 대답을 원하니

나는 별로 얘기할 게 없는데

너의 가슴속에 커져가던 건

거품처럼 부풀어진 기대일 뿐

너의 두 눈 속에 가득하던 건

흰 눈처럼 쌓여가는 욕심일 뿐

_ 조동희, 〈너는 자꾸〉, 1998

흩어지는

꽃잎,

자전거

바퀴,

바다로 가는

기차

동진 오빠는 돌아가시기 한 달 전쯤, 부산에 가고 싶다 하셨다. 부산에 사는 옛 친구의 가이드를 받기로 했다며 친구도 보고, 바다도 보고 싶다고. 또 차로 모시겠다 했더니 꼭 기차로 가자 하셨다. 평소에 무언가를 하고 싶다고 피력하시는 편이 아니라서 무리를 해서라도 함께 기차 여행을 하자 싶었는데, 여러 상황이 겹쳐 약속이 미뤄졌고 나는 지금도 그게 그렇게 속상하다.

그 후 알고 지내던 또 다른 어른도 돌아가시기 바로 전에 바다를 보고 싶어 하셨다. 그는 유년 시절의 아름다운 기억 속으로 자주 산책을 다녀오셨는데, 끝내 바다를 보지 못하고 가셨다. 나는 그의 유골이나마 바다에 멀리멀리 뿌려드렸다. 늦었지만 그렇게 파도와 맞잡고 흘러가는 자유가 깃들기를 기도했다.

4월이었다.

세월호가 침몰한 지 수년이 되어가는데 해명 작업이 완료되지 못했다. 완료라는 게 있을 수는 없겠지만 아직도 비밀처럼 바닷속에 많은 것이 잠겨 있다.

인터넷에 떠돌던 사진 한 장에 하루 종일 눈물이 났다. 유류품 번호 464. 바다 짠물에 슬어버린 아이의 여행 가방. 그 속에 가지런히 접힌 바지, 치약, 칫솔, 수건. 이 사진은 그 어느 매체의 헛된 이야기보다 힘이 셌다.

하여 나는 무엇이라도 해야 했기에 1주기에 만든 〈작은 리본〉에 이어 2주기에도 노래를 쓰고 불렀다.

그날 그 거리에 매여 있던 작은 리본

사진 속엔 환히 웃는 너

그 해맑은 꿈들 스르르 풀려

저 먼 하늘로 날아오르고

붙잡으려 난 달려가다

내 손끝 앞에서 놓쳐버렸어.

미안해. 미안해. 어느새 흐려져

사는 게, 그리 쉽지 않네.

미안해. 미안해. 노란 꽃잎이 피어

그 봄이 다시 살아나네

그날 그 거리에 매여 있던 작은 리본

사랑한다고 외쳐 부르던 이름

이 어두운 하늘 다시 비는 내려와

날 안아주는 너의 용서처럼.

내 가슴에 작은 빗방울—

우리의 기억처럼 흘러 들어와.

미안해. 미안해. 어느새 흐려져

사는 게, 그리 쉽지 않네.

미안해. 미안해. 노란 꽃잎이 피어

그 봄이 다시 살아나네

그 봄이 다시 살아나네

_ 조동희, 〈작은 리본〉, 2015

너의 작은 머리핀엔 아직 갈색 머리카락

너의 눈물 가득 담고 굳어버린 바랜 책들

처음으로 몇 달 동안 조르던 그 예쁜 바지

미안해서 쓰지 못한 주머니 속 꼬깃한 돈

집을 나서던 날 마지막 웃음 본 것만으로도

행복한 축에 드는 여기 등 뒤의 사람들.

네가 좋아하던 바나나 우유

네가 좋아하던 초코맛 과자

네가 좋아하던 낡은 축구공

네가 좋아하던 엄마, 엄마

차갑게 식어버린 마지막 모습 본 것만으로도

행복한 축에 드는 추운 땅 위의 사람들.

순진하게 들떠 있던 가방 속의 설렘들

친구들과 모여 앉아 즐거웠을 녹슨 기타

누군가를 기다리며 가만히 울고 있네

너의 이름 사라지고 낯선 숫자만이 남아

네가 좋아하던 바나나 우유

네가 좋아하던 초코맛 과자

네가 좋아하던 낡은 축구공

네가 좋아하던 엄마, 엄마

집을 나서던 날 마지막 웃음 본 것만으로도

행복한 축에 드는 여기 등 뒤의 사람들.

차갑게 식어버린 마지막 모습 본 것만으로도

행복한 축에 드는 추운 땅 위의 사람들.

_조동희, 〈너의 가방〉, 2016

그러고도 바다로 가던 아이들이 별이 된 지 수년이 흘렀다. 내 마음속 깊은 곳에 남겨진 바다를 떠올리며, 나의 마지막 세월호 추모곡이 아닐까 생각하며 만든 곡, 〈바다로 가는 기차〉는 오멸 감독의 영화 〈눈꺼풀〉의 트레일러와 함께 발표했다.

'흩어지는 꽃잎, 자전거 바퀴, 바다로 가는 기차, 그대의 얼굴.'

이 노래는 기억할 것들, 보내야 할 것들에 조금씩 무뎌져갈 때, 떠나는 사람이 남겨진 사람에게 보내는 편지다. '자전거 바퀴'는 낯익은 동네 소음 속 세발자전거를 통해 처음 느낀 빠른 바람과 어릴 적 아빠가 잡아주다가 몰래 놓은 두발자전거. 그 독립과 성취의 기쁨이자 스스로 굴러야 갈 수 있다는 능동적 의지의 표현이다. 계속해서 움직이고 나아가야 할 것의 표상이다.

노래를 들은 이원 시인님께서 이런 말을 해주셨다.

"가수 조동희의 목소리가 담긴 이 노래는 더욱 섬세한 빛이에요. 물결을 한 겹 여는 목소리, 그곳에서 가볍게 빛나는 자전거 바퀴를 차르르 차르르 굴리고 있을 어린 얼굴들이 잊히지 않네요. 그러네요. 기꺼이 그곳을 열고 어루만지는 가수 조동희의 노래입니다."

난 꿈을 꾸어요

꿈이 아니라 기억

기억이 아니라 기록

기록이 아니라 거짓

가지 못했던 곳을 떠돌아요.

피지 못했던 꿈을 만나요

이곳은 보라색 안개, 길 잃은 새,

슬픈 편지가 맴도는 곳

하얀— 구름 오를 때

내게 떠오르던 건

어느 봄의 꽃잎. 자전거 바퀴

바다로 가는 기차. 그대의 얼굴

행복했었던 순간 그림처럼

하지 못했던 말들 이제야

이제는 노란색 기도, 잠 없는 밤,

따스한 손을 놓을 시간

어느 봄의 꽃잎. 자전거 바퀴

바다로 가는 기차. 그대의 얼굴

잊지 말아줘요. 그 봄의 나를

잊지 말아줘요. 그 봄의 나를

흩어지는 꽃잎. 자전거 바퀴

바다로 가는 기차. 그대의 얼굴

_ 조동희, 〈바다로 가는 기차〉, 2018

노래가
찾아오는
순간들

잡힐 듯 선명한 꿈을 꾸고 나서
노래가 다시 나를 찾아오던 아침
뭔가에 홀린 사람처럼 가사를 썼네
울고 난 하늘이 더 맑아 보이듯
내 머릿속 흩어지던 단어들이
기다렸다는 듯 미소를 짓네
어려운 얘기가 다 좋은 게 아냐
어두운 얘기가 다 깊은 게 아냐
오늘 노래가 날 다시 찾아와
내 닫힌 마음을 두드리네
여기 우리가 잊고 있었던
작고 작은 속삭임을 들어
오래된 거리 낯선 골목을 걷다가
문득 노래가 다시 찾아오던 순간
마치 오랫동안 알던 멜로디
비교 비유 비난에 강해져야 해
자꾸 숨고 싶던 내 작은 나무
하지만 그건 내가 나인 이유

밝은 얘기가 다 가벼운 게 아냐
가벼운 얘기가 다 얕은 게 아냐
오늘 노래가 날 다시 찾아와
내 닫힌 마음을 두드리네
여기 우리가 잊고 있었던
작고 작은 속삭임을 들어

취접냉월

醉蝶冷月

"연못이 있으면 달은 저절로 비추게 되니 달을 기다리지 말고 연못을 만들라."

아, 취한 나비라니. 차가운 달이라니. 어떻게 이런 표현을 쓸 수 있는지 감격에 겨워 눈물이 흐른다. 열여덟 살 때 만화책방에서 꺼내 읽은 무협 만화가 바로 《취접냉월》이었다. 그때의 감성으로 끄적여놓았던 메모를 스무 살이 넘어 찾았고, 다시 그 시절로 돌아간 듯 아릿한 마음으로 〈차가운 달〉이라는 노래를 만들었다.

친구들이 내 저작권 수입을 걱정하며 노래방에서 잠깐 틀어놓아주는, 이 노래의 슬픈 사연을 묻는 팬들에게 이야기해주면 왜인지 더 좋아해주는 노래.

그렇게 보면 영감이란 것이 별거인가 싶다. 내가 좋아하는 아름다운 이별 노래는 작곡가가 변기에 앉아 있다 쓰게 된 것이라고도 한다. 한 매거진에서 소설가 필립 로스Philip Roth는 이렇게 말했다. "영감을 찾는 사람은 아마추어이고, 우리는 그냥 일어나서 일을 하러 간다."

이제 나는 어렴풋이 알 것도 같다. 영감이라는 것은 어느 날, 어느 순간 벼락처럼 내려오는 것이 아니라, 일상 속에서 묵히고 묵히며 묵묵히 살아가는 중에 돌연 발끝에 치이게 되는 것임을.

내 맘을 만져봐. 가지진 마

이토록 가벼웁잖아

투명한 그 속을 들여다봐

조금은 두려웁잖아

아무도 내겐 없었어

아무도 찾지 않았어

내 손끝에 닿지 않는

어젯밤 꿈속 같은 너

나의 눈에 반짝이는

슬픔을 훔쳐 가줄래

강물 위 흐르는 차가운 달

더 깊이 숨고 있잖아

니 눈에 빠져든 나른한 난

조금 더 쉬고 싶잖아

널 만나 나는 기뻐져

널 만나 나는 슬퍼져

내 손끝에 닿지 않는

어젯밤 꿈속 같은 너

나의 눈에 반짝이는

슬픔을 훔쳐 가줄래

_ 조동희, 〈차가운 달〉, 2011

후배
도마가
떠난 날

코로나바이러스가 휩쓸고 간 우리의 삶은 무너지는 듯했다. '음악'은 힘든 마음에 좋은 치료제가 되지만, '음악산업'은 모두와 함께 기울었다. 그중에서도 독립적으로 노래를 만들고 공연을 하는 작은 규모의 아티스트들은 더더욱 설 곳을 잃어갔다. 모든 것이 단절되고 취소되었다. 2년이란 시간 동안.

그러던 어느 날, 후배의 부고를 들었다.

너무나 귀엽고 사랑스럽던 아이, 함께 컴필레이션 앨범에 참여하여 공연하고, 맥주잔을 기울였던 음악인. 어린 나이에도 많은 스토리를 가지고 있었고, 그것을 스스럼없이 내게 이야기해주던 나의 친구.

나는 내가 잘못 본 것이기를 바라고 바라고 또 바랐다.

바람이 무색하게 마치 마지막을 고지하듯 떠오르는 대화.

"도마야, 그 스토리들이 너를 더 강하게 할 거야. 네 노래의 소재가 될 거야. 10년 후에 또 얘기하자, 분명 그럴 테니까."

"나는 언니가 참 좋아요."

예쁜 미소로 나를 꼭 안으며 하던 고백이, 자꾸 생각난다. 그가 가진 많은 스토리가 나보다 먼저 끝이 나게 될 줄은…… 몰랐다.

소녀야

너의 노래가 여기 증명해

너의 여린 마음, 따스하던 숨

피곤한 생각들

이불 속의 눈물, 손끝의 슬픔

그래, 너는 흙 같은 아이

그렇게 고운 걸 찾아

어디로든 떠나던 아이

네가 꼭 안아주던 나의 허리

오늘 이렇게 흐느껴

너의 웃음에 고여 있던 물방울

너의 노래가 여기 증명해

아프고
미안한
이름

제주도 '하루하나'라는 카페에는 벌꿀 흑맥주와 낡은 피아노 한 대가 있다.
예쁘고 다정한 부부와 아이들이 있다.
그곳 마당에서 동익 오빠, 필순 언니, 용준 오빠와 함께 피아노 치며 놀던 날.

언니가
"용준아, 나 곡 하나 줘" 하니

용준 오빠가
"동희가 가사 먼저 주면" 한다.

다음 날 내가 아끼는 가사 중 언니가 불렀으면 하는 가사를 보냈고 멜로디를 더하여 노래가 만들어졌다.
나는 이 가사가 참 좋다. 다시는 음악을 못 할 것 같은 어느 날 밤에, 눈물지으며 쓴 글이 아름다운 음악이 되었다. 처음 시작은 이랬다.

바람이 저 달을 흔들 때

잠 없는 어두운 밤 오면

포근한 이불 속에 슬픔을 녹이네.

빛나는 명예도,

커다란 집도

아직까지 나는

가진 적 없지만

알고 있나요

'삶'이라는 것.

버텨내고 이겨내며

붙잡고 싶은 그 이름

알고 있나요

'사랑'이란 것.

내 모든 것 다 주어도

아프고 미안한 이름

그리고 여러 수정 작업을 거쳐 이렇게 완성되었다.

가던 길 잠시 멈춰 서서 노을 젖은 언덕을 보네

나도 모르게 숨 한 번 크게 내쉬네

빛과 바람과 시간 속에 주름진 얼굴과 기억들

멈추지 않고 어두운 밤에서 새벽으로

알고 있나요 삶이라는 것

버텨내고 이겨내며 붙잡고 싶은 그 이름

알고 있나요 사랑이란 것

내 모든 것 다 주어도 아프고 미안한 이름

_ 장필순, 〈아름다운 이름〉 중, 2018

레온

플라이셔

내가 육아와 버거운 일상으로 힘들어할 때, 동진 오빠가 해주신 이야기다.

미국의 피아니스트인 레온 플라이셔Leon Fleisher는 한창 왕성한 활동을 하던 시기에 오른손 마비가 왔다. 그러나 그는 포기하지 않고 왼손으로만 된 연주곡을 만들어 연주했으며 오른손의 재활도 거르지 않았다. 그런 그의 오른손은 40년 만에 마법처럼 움직이기 시작했고, 그때 발표한 앨범의 타이틀이 〈Two Hands〉다.

레온 플라이셔는 91세로 세상을 떠났다. 레온 플라이셔에게 오른손의 소리는 어쩌면 생을 걸고서라도 지키고 싶었던 것이 아니었을까.

차이콥스키의 마지막 제자에게 사사받은 음악가 닐스 프람 Nils Frahm 역시 왼쪽 엄지를 다쳐 아홉 손가락만으로 연주를 했다고 한다.

멈추지만 않으면 돼.

열정 앞에서는 어떤 것도 장애가 되지 않는다. 그저 불편

하고 힘들 뿐이다. 다 살아가게 되어 있고, 가고자 하는 곳이 있다면 계속 그 길을 걸어가면 된다. 언젠가는 도달하게 되어 있다. 시간이 오래 걸리더라도.

그 겨울,

나의 외로움이

널 부를 때

외로움이 부를 때면

나는 썼지

나는 익숙해

사람들이 반기고 다가오고

관통하여 사라지는 것

그 웃음과 아쉬움들은

결국 각자의 몫

그것이 없다면 노래도 없겠지

기대나 약속은 얼마나 헛된 것인가

내일 맑을지 비가 올지 저 거미도 모르는데

모르고 나무 사이 집을 짓는데

외로움이 널 부를 때면

나는 겨울에게 편지를 썼어

어린 마음이 얼어붙어 멈춘 곳.

그해 겨울은 눈이 많이 왔다.

누군가를 잃는다는 것은 어쩌면 겨울바람 같은 것.

아팠던 마음들, 견뎌내야만 지나가는 추운 시간들이

언젠가 내게 답을 해줄 거라는,

반드시 돌아오는 봄처럼

오래 걸려도 꼭 내게 꽃을 피워줄 거라는.

그런

오랜 믿음이 있었다.

널 위한 나의 마음이

이제는 조금씩 식어가고 있어

하지만 잊진 않았지

수많은 겨울들

나를 감싸 안던 너의 손을

서늘한 바람이 불어올 때쯤에

또다시 살아나

그늘진 너의 얼굴이

다시 내게 돌아올 수

없는 걸 알고 있지만

가끔씩 오늘 같은 날

외로움이 널 부를 때

내 마음속에 조용히 찾아와줘

널 위한 나의 기억이

이제는 조금씩 지워지고 있어

하지만 잊진 않았지

힘겨운 어제들

나를 지켜주던 너의 가슴

이렇게 내 맘이 서글퍼질 때면

또다시 살아나

그늘진 너의 얼굴이

다시 내게 돌아올 수

없는 걸 알고 있지만

가끔씩 오늘 같은 날

외로움이 널 부를 때

내 마음속에 조용히 찾아와줘

_ 장필순, 〈나의 외로움이 널 부를 때〉,* 1996

---

* 1996년 조동희가 작사한 가사로 1990년대 포크 명
반 1위를 차지한 불후의 곡이다. 이후 성시경, 윤도현
등의 리메이크 앨범에 수록되었고, 여러 차례 드라마
OST로 삽입되어 아이유, 넬 등 현재까지 많은 가수
들의 사랑을 받고 있다.

이 노래가 없었다면 나는 지금껏 음악을 할 수 있었을까.

"이 가사는 정말 쉽고 마음속에 와닿는다."

1996년 〈나의 외로움이 널 부를 때〉를 장필순 5집의 타이틀곡으로 추천하시며 동진 오빠가 한 말이다. 칭찬이나 단 표현에 낯간지러워하는 조씨 집안 사람들에게 이토록 큰 칭찬이 또 있을까.

훗날 이 말의 뜻을 알았을 때 나는 고개를 끄덕였다. 쉬운 글. 그러나 가슴에 닿는 글. 내가 동화책이나 동요를 많이 읽고, 듣는 것도 같은 이유에서이지 않나 싶다.

읽기에 쉽지만, 한 페이지를 지날 때마다 책장을 덮고 잠시 생각에 빠지게 하는 책을 추천한다면 올라브 H. 하우게Olav H. Hauge, 1908~1994의 시집 《어린 나무의 눈을 털어주다》를 꼽겠다. 이 시집 속 문장들은 가슴에 박혀 쉽게 떨어지지 않는다.

오빠가 돌아가시기 전, "이 시집 읽어보세요" 하고 추천했었는데, 장례를 마치고 댁에 오니 베개 옆에 그 시집이

놓여 있었다. 마지막까지 그 책을 읽으셨던 것 같다.

좋은 글은 쉽다.

내가 존경하는 사람들이 내게 '보여준' 말이다.

우리 모든

슬픔은 길어봐야

2주뿐이래

동아기획 때부터 이어진 《우리 노래 전시회》, 《하나옴니버스》, 《뉴페이스》 등 하나음악에선 옴니버스 앨범이 일종의 시그니처와 같다.

어느 날 옴니버스 앨범을 기획하던 동진 오빠가 '강'에 대한 노래를 한 곡씩 만들어보라고 요청했다. 그렇게 마지막 하나옴니버스 앨범 이후 12년이 지난 2015년 3월, 멈추지 않고 천천히 흐르는 강물처럼 스며들기를 바라면서 《강의 노래》 프로젝트가 발매되었다. 이 앨범에는 각자의 마음속에 각인된 '강'에 관한 열네 개의 이야기가 담겨 있다.

내가 크나큰 슬픔에 빠져 있었을 때, 〈월간객석〉의 기자였던 지인이 이런 말을 해주었다. "동희야, 모든 슬픔은 2주뿐이래. 그다음은 더 이상 슬픔이 아니래." 나는 실제로 이 말에 정말 큰 위로를 받았는데(2주를 손꼽아 세어보기도 했다), 거짓말처럼 2주가 지나자 괜찮아져 있는 나를 발견했고 누군가 슬픔에 빠져 있다면 이 말을 꼭 전해주리라 마음먹었다.

흘러간다. 푸르른 시간이

못생긴 내 맘 담고 또 흘러

스쳐 간다. 수많은 사람이

호기심 또는 진심으로 스미다

나는 외로이 떠도는 배

시간의 물결을 가르네

다정히 안아주던 너

투명한 수면 아래 잠겼네

흘러가는 강물이 내게 비밀처럼 속삭이는 말

우리 모든 슬픔은 어쩜 길어봐야 2주뿐이래

어떻게든 시간은 가고 내 가슴은 굳어져

이제 같은 상처엔 다시 아프지 않을 거야

지나간다. 뜨거운 마음이

얇은 구름이 되어 흩어져가

나는 외로이 떠도는 배

어둠의 물결을 가르네

다정히 안아주던 너

투명한 수면 아래 잠겼네

흘러가는 강물이 내게 비밀처럼 속삭이는 말

우리 모든 슬픔은 어쩜 길어봐야 2주뿐이래

어떻게든 시간은 가고 내 가슴은 굳어져

이제 같은 상처엔 다시 아프지 않을 거야

유리강 속의 너

유리강 속의 나

_ 조동희, 〈유리강〉, 《강의 노래》, 2015

이 곡에서 내가 그린 강은 유리강이다. 우리 마음속 흐르는 투명한 강물 그 아래 우리의 기억이 그대로 살아 있는 것. 만질 수는 없지만 볼 수는 있는 것. 내 마음속 흐르는 유리강과 나는 그 위를 떠도는 철없는 작은 배. 어떻게든 시간은 가고 내 상처는 굳어질 거라고. 이제 같은 상처에 다시 아프지 않을 거라고 말하는 유리강…….

슬픔은
아름다움의
그림자

오래전, 한 문장을 적어놓았다.

'슬픔은 아름다움의 그림자'

슬픔은 아름다웠기 때문에 오는 것,
빛이 있기에 생겨난 그림자 같은 것.

동진 오빠의 장례식장 한쪽 벽 위에는 그의 오래전 인터
뷰 영상이 흐르고 있었다. 그 속에서 젊은 그는 이렇게
얘기한다.

"우리가 가진 슬픔이란 것은 아름다움으로부터 오는 것
같아요."

나는 '슬픔은 아름다움의 그림자'라는 문장을 떠올렸다.
어떤 책임과 무게가 버거워 힘겨울 땐 어떻게 해야 하느
냐고 물었을 때, '다 안고 가라'던 오빠의 말씀도.

슬픔은 아름다움의 그림자

산다는 건 하루하루 어려운 시

사랑은 비를 담은 투명한 구름

내가 걷는 이 길은 끝을 알 수 없는 책

해 지면 바람의 길을 따라

꽃잎이 훨훨 떠나는 걸 봤지만

달빛은 혼자 빛나지 못해요

그 빛은 어쩌면 사라진 별들의 기도

내 곁을 따르는 저 긴 그림자는

저 멀리 그대의 선물이에요

내 마음에 그대의 웃음을 담아요

난 이미 행복한 사람이니까

슬픔은 아름다움의 그림자

산다는 건 하루하루 어려운 시

언제나 긴 겨울 오후 같았던

그대의 노래가 꿈처럼 스며드는 밤

_조동희, 〈슬픔은 아름다움의 그림자〉, 2020

동진 오빠를 생각하며 쓴 이 노래는 모든 그리움과 아쉬움을 담은 편지쯤으로 볼 수 있다. 달은 혼자 빛나지 못한다는 것도 알게 될 정도의 시간이 지나고 이별에서 한 발짝 떨어져 부를 수 있게 된 노래. '꽃잎이 훨훨 떠나는 걸 봤지만, 달빛은 혼자 빛나지 못하'듯 관계의 오고 감과 그 화양연화에 대한 노래.

지금의 슬픔은 어쩌면 고마운 씨앗일지도 모른다. 훗날 아름다운 노래들로 꽃을 피우게 될 테니까.

사계절

한때, 광화문 광장은 몹시도 뜨거웠다. 진상 규명을 촉구하는 세월호 유가족, GMO(유전자변형 농수산물) 반대 집회, 국정교과서 왜곡을 반대하는 학생들의 피켓. 각자의 뜻을 알리고 답을 얻기 위해 오랜 시간 광장에 사람이 머물던 때였다.

하루하루가 일이었고, 대립이었고, 투쟁이었다.

나도 몇 번 광화문을 찾았다. 도무지 알 수 없는 것이 있었고, 알고 싶었고, 공감하고 싶었고, 유난히 덥고 또 추운 날 피해자들이 겪는 아픔을 위로하고 싶었고, 지시에 따라 그들을 막아서는 청년들이 무슨 죄인가 싶었다.

여러 사건, 사고들을 둘러본다. 좌와 우, 상과 하, 여자와 남자, 부와 빈으로 나누고 또 나누면 결국 우리에게 남는 것이 있을까 싶은 마음 한구석에 슬픔이 자리 잡는다.

그 마음을 위해 노래를 부르고 싶다.

수많은 광화문 거리에도 벚꽃 잎은 떨어질 것이라고.

떠나가던 새의 목소리 들려오리라고.

세상의 한 켠에 고개 숙인 그대여

설레는 작은 꿈을 놓치지 마오.

녹록지 않은 삶이라 해도

누구나 그래요. 나처럼 당신처럼

아직 잎도 나지 않은 새싹일 뿐야.

따스한 저 햇살을 가슴에 담아봐요.

긴 소나기 뒤에 꽃잎 피어나듯

다시, 당신의 노랠 만들어가요.

봄처럼 푸른 노래가

여름처럼 뜨겁게 달리다

가을처럼 져버려도

겨울처럼 포근한 사랑을

잊지 말아요 그대 마음속에

다시 봄이 올 때까지.

작은 방 구석에 울고 있는 그대여

소중한 그 숨결을 멈추지 마오.

세월에 마모된 모래알 되어

동그랗게 자꾸만 작아져가도

바람의 손짓에 흩날린 낙엽처럼

시간은 늘 우리보다 빨리 달아나.

굳게 언 땅 아래서 봄을 준비하듯

다시 당신의 노랠 만들어가요.

봄처럼 푸른 노래가

여름처럼 뜨겁게 달리다

가을처럼 져버려도

겨울처럼 포근한 사랑을

잊지 말아요. 그대 마음속에

다시 봄이 올 때까지.

울지 말아요. 그대 두 눈 속에

다시 꽃이 필 테니.

음— 나도 그랬어. 음—너무 추웠어.

음— 나 혼자만이 음—울고 있었어.

음— 나도 그랬어. 음—너무 추웠어.

음— 겨울이 가면 음— 봄이 올 테니.

_ 조동희, 〈사계절〉, 2016

퀸시

존스

1957년 뉴욕에서 흑인은 현악곡을 쓰지 못했다. 파리로 건너간 퀸시 존스Quincy Jones는 클래식 음악의 어머니 나디아 불랑제Nadia Boulanger를 만나 관현악 편곡 수업을 듣는다. 나는 당시 그녀가 한 이야기를 늘 마음에 새긴다.

"퀸시, 음악에는 12개 음밖에 없어. 정말 12개 음밖에. 사람들이 12개 음으로 무엇을 했는지 조사해볼 필요가 있겠지."

퀸시 존스는 흑인으로서 처음으로 레코드회사의 임원직을 맡고, 수많은 그래미상 후보곡을 발표했다. 그와 똑닮은 딸이 한 이야기도 다시금 되뇐다.

"아빠가 항상 하시던 말이 있어. 일을 시작했으면 끝날 때까지 멈추지 마라. 일이 크든 작든 끈기 있게 해낼 거 아니면 시작도 하지 마."

나의
선생님들

작곡가 김창기 선배님한테서 문자가 왔다. 가사를 가르치고 있는데 꽤 잘 쓰는 제자를 보낼 테니 가사를 좀 봐주고 도움 될 이야기도 해달라고 하셨다. 그리고 며칠 후 그의 기대에 못 미치면 어쩌지 걱정을 하던 추운 겨울, 작업실로 한 학생이 찾아왔다. 김창기 선배님은 나를 '우울한 듯 여린 표현이지만, 무엇보다 강한 가사를 쓰는 사람'이라고 소개하셨고, 제자에게 생각의 씨앗이 어떻게 노랫말이 되는지 물어보라 했다고 한다.

나는 무엇을 가르쳐야 할지 몰라 일상생활, 연애 이야기를 물었고 이 친구가 고민하고 있는 부분이 마음속에 있는 언어의 제한적인 표현 때문이라는 것을 알았다.

'슬픔'이라는 같은 단어에도 수십 가지 가치가 있을 텐데, 그 슬픔에 가장 적당한 문장을 찾아내지 못한다면 출구가 막힌 듯 답답한 기분이 드는 건 당연한 일이다.

나는 그 친구 앞에 책들을 꺼내 늘어놓았다. 나의 말 열 마디보다 이 책들이 더 훌륭한 선생이 될 거라고. 올라브 H. 하우게, 자크 프레베르Jacques Prévert, 비스와바 쉼보

르스카Wisława Szymborska, 필립 로스, 샤를 보들레르Charles Baudelaire, 기형도, 황현산, 이원. 너무 많은 좋은 선생님들이 나를 여기에 데려왔다고. 그들이 너를 작아지게 하고, 커지게 할 거라고.

소랑

조용한 오름과 인적 드문 바닷가와 정 많은 사람들. 60년 넘은 노포의 참맛이 배어 있는 곳.

나의 제주는 가족들이 기다리고, 맑은 친구들이 늘 반겨주는 곳. 속 깊은 제주의 느리고 빛나는 내면의 시간으로 나는 종종 숨어든다.

노을해안로를 타고 달리는 길은 그야말로 전형적인 제주이지만 작고 다채로운 집을 보며 걷노라면 또 북유럽 작은 어촌 같다.

다른 해안 지역에 비해 사람이 적고 잔잔한 바다라서 해가 좋은 날엔 믿을 수 없이 반짝이는 윤슬을 볼 수 있다. 그 모습이 마치 누군가 바다 위에 유리 펄을 뿌려놓은 것 같아서 기분 좋은 눈부심을 경험할 수 있다.

그 눈부심 사이사이 동화책을 읽다가 잠들어 꾸는 꿈처럼, 은빛 돌고래들 뛰어오른다.

몇 번을 가봐도 그곳에선 늘 돌고래가 춤을 춘다.

그곳에서는 '펠롱'이라는 단어가 허공에 떠오른다.

반짝이라는 단어의 제주 방언.

자주 이 바다를 생각하며 가사를 쓴다.

새벽이 밝으면 아무 준비 없이

모든 걸 던지고 떠날까? 저 바다로

촉촉한 바람 하얀 구름 저만치

은빛 꿈처럼 돌고래 떼 춤을 추네

마음속 서랍에 걱정은 숨겨두고

어제와 내일은 오늘의 무게일 뿐

얼굴에 닿는 상쾌한 저 안개비

하늘에 닿을 듯한 푸른 언덕의 너

보고만 있어도 이렇게 행복한 걸

우리 꿈 무지개빛처럼 빛날 때까지

언제나 내 곁에 이렇게 있어줄래

우리의 사랑은 달리는 노을 속으로

바다침대, 구름이불, 바람부채, 달빛조명

그거면 충분해. 무엇이 더 필요할까?

_ 장필순, 〈소랑〉, 2021

소길리,

그 집

풀빛 이슬 냄새

새벽 별들이 쉬어 가는 곳

저기 날 부르는

조그마한 대문 느린 그림자

거친 손끝에는

향기로운 그대의 멜로디

멀리 불어오는

바람의 노랠 가슴에 담네

이제는

잃을 것이 없어요

내 마음에 수많은 돌 던져대도

쓴웃음 하나 그리고 말걸

우리 어렸기에

무지개빛만을 쫓았지만

이제 곁에 있는

그대의 웃음으로 하루가 가네

_장필순, 〈집〉, 2018

이 가사는 제주도 소길리 좁은 골목길을 떠올리며 쓴 글이고, 필순 언니의 제주 이웃이자 오랜 음악 친구 이상순의 곡이다.

마음이 힘들 때 저 골목 끝자락 노란 대문 외딴집에 가면 개들 짖는 소리에 모든 근심이 후다닥 달아난다. 나무가 우거진, 개들이 뛰어노는, 그 아늑한 집에는 항상 음악 소리가 들린다. 말과 표정 없어도 내 마음을 다 안다는 듯 앉아 있는 동익 오빠의 뒷모습과 내가 대학 때 외판원에게 강매당한 내셔널지오그래픽 사진집 시리즈가 가득 꽂힌 좁은 복도를 지나, 지붕부터 숟가락까지 오빠의 손길로 가득한 부엌에 가면 따듯한 커피 향기가 난다. 풀빛 이슬 냄새 새벽 별들이 쉬어 가는 그곳에 가면 내 마음도 늘어져 쉼을 찾는다. 어린 마음에 무지갯빛만을 쫓던 나와 우리. 그렇게 곁에 있는 익숙한 온기에 감사한 하루를 보드랍게 닫는 법을 배운다.

숲의
레퀴엠

내 노래를 좋아하던 한 소녀가 말했다.

"수국이 필 때 결혼하고 싶어요."

수국이 피는 6월이면 그 소녀가 생각난다.

한때 가까웠던 그 미소는 어디로 갔을까.

사람들이 섬처럼 가깝고 멀어지고 태어나고 떠나갈 때

우린 어떤 마음을 준비해야 할까.

다시는 만나지 못할 등불 같은 사람에게

수국이 되어 물어보고 싶다.

거기에도 달이 뜨느냐고, 아픔이 있느냐고.

당신이 알려준 노래가

마음 빈방에서 혼자 울리고

그 노래에 내가 이렇게 소녀가 되어도

들판에 새잎은 한 뼘 또 자라나겠지.

새들은 쉬어 갈 집을 짓겠지.

저 바람에 기대 적어본다.

이제는 그리운 것, 눈물이 아니라고

사랑의 얼굴로 다시 피어난다.

이제는 더 이상, 그리운 것

눈물이 아니라고

사랑의 얼굴로 꽃이 핀다

내게 남겨준 노래

가슴 빈방에서 울릴 때면

나는 행복한 나무

기억의 숲에선 봄이 오네

바람에 적어본다

이제는 더 이상, 그리운 것

눈물이 아니라고

사랑의 얼굴로 꽃이 핀다

수국이 피어날 때 결혼하고 싶다 말하던

작은 소녀는 지금 어디

_장필순, 〈숲의 레퀴엠〉 중, 2021

페트리코

주르륵 빗줄기 하나에

또르르 구르는 흙먼지

음—아침을 걷는 빗방울

음—하나둘 멜로디 될 때

포로록 펼치는 꽃잎은

초록의 노래에 답하고

저 땅 밑에서 가만가만

먼 꿈의 얘기 들려올 때

촉촉한 비 내음 톡톡. 창을 두드리면

꿈꾸는 아이는 멀리 여행을 떠난다

하얗게 웃던 그 얼굴이

이제는 떠오르지 않아

먼 기억의 은하수 따라

내 슬픔은 바다로 흘러

촉촉한 비 내음 톡톡. 창을 두드리면

꿈꾸는 아이는 멀리 여행을 떠난다

세상의 소음 속에서 울리는 실로폰

칠흑의 하늘가에는 어느새 무지개

주르륵 빗줄기 하나에

_ 장필순, 〈페트리코〉, 2021

밤
작업

"낮에 잃은 것을, 밤이여, 돌려다오."

_요한 볼프강 폰 괴테

'아침형 인간'이라는 말이 유행처럼, 아니 계몽운동처럼 번질 때 나 같은 사람은 왠지 부끄러움이 들곤 했다. 가사를 쓰다가 날밤을 새우는 건 부지기수이고, 어떤 날은 미디 프로그램에서 음원 소스를 찾다가 꼬박 이틀을 안 잔 적도 있다. 또 어떤 날은 하루 24시간을 내리 잔 적도 있는, 규칙이라고는 한 톨도 찾아볼 수 없는 그런 삶이었다. 며칠을 새워서라도 마음에 드는 작품이 나오면 보람이 있었고, 겨울잠처럼 몰아서 자고 나면 상쾌했다. 광합성이라거나 비타민D라거나 그것들에 관해서는 할 말이 없다. 햇볕을 제대로 쬐어야 멜라토닌이 억제되어 잠이 깨고, 스트레스와 우울증이 해소된다는 이야기. 그래서 열대지방이나 지중해에는 우울증 환자가 많지 않다는 이야기는 익히 들어 알고 있다.

그러나 나는 아침 빛을 차단해 못 잔 잠을 자고 다시 밤부터 작업을 시작하여 서늘하고 포근한 달의 에너지를 받는 사람이다. 적당히 느슨한 울증을 가사와 곡의 연료로 쓴다. 할 얘기들을 모아 불을 지펴야 했기에 고독으로 침잠하는 삶에 스위치를 달아두었다.

그런데, 그런 내가 결혼을 하고 아이 셋을 키웠다. 밤이면 멜라토닌 없이도 충분히 기절한 것처럼 잤다. 정말이지 연년생에 쌍둥이를 키우는 삶은 거의 세계 일주를 마친 여행가의 무용담이나, 특수부대에서 죽을 고생을 하고 제대한 병장의 네버엔딩 스토리와 맞먹는다. 밤이 되면 떠오르는 이야기, 눈물 없인 듣지 못할 이야기, 그리고 훗날 애들한테 들려줄 푸념 섞인 행복의 노래처럼.

골목길에 구름 눈송이가

웃음 위로 퍼져갈 때

집 앞 나무 작고 빨간 꽃사과

하나둘씩 익어갈 때

나는 행복했어. 너와 함께한

진공관 속의 투명한 시간들

온 맘을 다하는

사랑을 주어 고마워

작은 너의 손을 잡으면

모든 게 미안하던 나

베개맡에 불러주던 노래

모든 벽엔 너의 그림

기억나지. 함께 찾던 별자리

손바닥에 적어준 시

나는 행복했어. 너와 함께한

진공관 속의 투명한 시간들

모두 다 괜찮아

누가 뭐래도 너는 너

네 머리카락, 발자국

이 세상엔 하나뿐

온 맘을 다하는

사랑을 주어 고마워

작은 너의 손 잡으면

모든 게 미안하던 나

먼 훗날에 세상 속에 나가

외로움이 널 찾을 때

베개맡에 불러주던 노래

여전히 널 지켜줄게

_ 조동희, 〈꽃사과〉, 《마더 프로젝트》, 2021

밀키
웨이

에곤 실레Egon Schiele를 좋아한다. 처음 에곤 실레를 알게 된 것은 미술을 전공하는 지인의 말 때문이었다.

"동희야, 너 손이 에곤 실레 닮았다."

손이 닮은 사람이라니. 그 전까지는 작품을 자세히 들여 다본 적도 없었던 그가 별안간 궁금해졌다.

그 이듬해 간 오스트리아 빈에서 마침 에곤 실레와 클림 트의 전시를 하고 있었다. 여행의 첫 도시였음에도 에곤 실레 작품의 거친 선과 비관적인 뉘앙스에 매료되어 티 셔츠며, 트럼프 카드, 수첩 등등 굿즈에 비상금을 탕진했 던 게 기억난다.

이후 나의 '최애' 작가는 줄곧 에곤 실레였는데 그림 좋 아하는 친구가 그 취향에 맞춰 골라준 것이 피터 도이 그Peter Doig의 그림이었다. 투명한 동화 나라 같은, 신비 한 이야기를 잔뜩 품고 있는 그 예쁜 색의 그림들에 나 는 한참을 빠져 있었다. 그중 〈Milky way〉라는 그림은 내 쉼터이자 위안 같은 존재가 되었고 사랑하는 이를 보내고 난 후 동익 오빠가 가사를 써보라며 보내준 곡을 듣고는 그 그림이 떠올랐다.

사랑하던 그대는 무지개 호수 외로운 뱃길 흰 은하수를 천천히 걸어 다다르셨는지, 오랫동안 꿈꾸던 그곳에……

그대 가슴에 춤추던 나비

비바람 속에 날개를 접고

기나긴 꿈에 잠들어가네

무지개 호수 외로운 뱃길

흰 은하수를 천천히 걸어

다다랐나요 꿈꾸던 그곳

오랜 시간 동안

날 지켜준

그대의 노래는

바람처럼

우리가 그리던

저 그림 속으로

_ 장필순, 〈그림〉, 2018

시력이
좋은 두 눈과
아직 튼튼한
두 다리

다섯 번째 인도 여행은 네 번째 여행 이후 15년이 지나서 였다. 그사이 많은 일이 있었고 내 인생의 향방이 오르락 내리락 굽어지고 키도, 발도 나보다 커진 아이들이 셋이나 생겼다. 문명은 빠르게 발달해 모든 것이 더 편리해졌고, 우리를 절대 고립되지 않게 해주며 내가 방금 무엇을 먹었는지 세상에 널리 알리는 것도 간편한 일이 됐다.

나 또한 베이스 연주자 미호와 함께한 인도 여행에서 예쁜 것, 신기한 것을 카메라에 모두 담아 친구들에게 보냈다. 당시 동진 오빠는 여자 둘의 인도 여행이 내심 걱정되셨는지, 종종 '인도로 간 여인들은 어찌 지내나' 하며 연락을 해오셨고 우리는 악기 들고 떠난 버스킹 여행에 자주 신나 있었다.

그러던 어느 날 오빠가 툭 이런 말씀을 하셨다.

"내가 이 나이 되어보니까 말이야. 여행은 그것이 얼마나 헛된 것인가 깨닫기 위해 떠나는 것 같아."

그것은 내가 생각하는 여행과 완전히 다른 정의였기에 나는 바로 반박했다.

"저는 그래도 여행이 제일 좋아요. 남는 건 여행의 기억인
것 같아요. 거기서 많이 배우기도 하고요."

"그래, 그럴 수도 있겠지."

"저는 죽기 전에도 이렇게 말하고 싶어요. 정말 재미있게
놀았다."

"그래, 그게 가장 중요하지. 제대로 살고 있구나."

이제야 생각나는 대화들은 거의 이렇다. 하나음악 주차
장 앞에서 내게 하셨던 말씀, 식탁에서 오이김치를 먹으
며 하셨던 부드럽고 따끔한 조언. 마구 찌르지 않으면서
도 결국은 내게 작은 가시처럼 남아 있는 그런, 순간들.
그때 동진 오빠가 한 말이 여행의 헛됨을 의미하는 것이
아님을 이제는 안다. 그것은 '여기'가 아닌 '저기'를 좇는
것의 무모함, 그 철없는 동경과 망상, 현실에 발붙이지
못하는 정처 없음에 관한 이야기가 아니었을까.

돌아보면 나는 줄곧 그래왔다. 인생은 긴 여행이고 사실
떠날 곳도 머물 곳도 영원치 않다. 이 가사를 쓸 때보다

나는 조금 더 성숙한 어른이 되었다. 영원히 어린아이고
싶기도, 성숙한 어른이고 싶기도 한 그 간극의 흔들림.
그리고 그것 또한 어쩌면 '삶이라는 여행'이 아닐까.

나는 매일 늦잠을 자고

꿈속에선 모든 게 내 거

누구도 나에게

아무런 관심 하나 갖지 않고

덧없는 욕심들도

포기한 지 오래야.

시력이 좋은 두 눈과,

아직 튼튼한 두 다리로

나는 언제든 떠날 수 있지

그 어디라도

내 주머니는 가볍고

나의 입술은 말라도

난 웃을 수 있지.

떠날 곳도, 머물 곳도 없지만

나는 매일 세상일에 늦고

작은 일에 놀라지 않지

푸르른 하늘에

구름이 그려놓은 그림 보며

때 묻은 내 마음은

깨끗하게 씻기네.

시력이 좋은 두 눈과,

아직 튼튼한 두 다리로

나는 언제든 떠날 수 있지

그 어디라도

바람이 내게 말하네

모든 건 흘러간다고

난 멈출 수 없어

이제 다음 발걸음을 옮기네.

_ 조동희, 〈행복한 여행자〉, 2011

행복을
미루지 마요

그리 오래 산 것 같지는 않지만 어느덧 시간이 꽤 흘렀고, 그렇다고 땅과 하늘의 이치를 깨닫는다는 지천명도 아직인데 벌써 친구를 둘 잃었다. 한 명은 영화감독의 꿈을 키우다 첫 작품 계약 전날 교통사고로. 다른 한 명은 20년 넘게 준비해온 작품 촬영을 앞두고 암으로 세상을 떠났다.

스무 살, 영화과 인물 탐구 시간에 다른 사람들이 유명 영화인을 소재로 글을 쓸 때, "난 조동희 쓸래" 하던 특별한 아이. 나를 객관적으로 바라보게 하고 늘 내 자존감을 세워주던 아이. 나만 보면 딸기 우유 하나만 사달라면서 매점으로 가 새우탕 사발면까지 먹고 나오던 아이. 한국 문학사에 기록될 훌륭한 극작가 아버지를 일찍 여의는 바람에 나처럼 껍질뿐인, 허무한 부재를 이해하던 아이.

그 아이가 대학 졸업 후 20년 만에 찍게 된 입봉작에 음악은 꼭 내가 해주고 싶었다. 그래도 잘 치료되었다는 말에 마음을 한숨 놓고 있었는데 1년 전, 공연장 대기실에 내가 좋아하는 떡볶이 봉투를 툭 놓고 서둘러 사라지던 그 모습이 마지막이었다.

장례식장에 들어가기 전 편의점에 가서 딸기 우유를 하나 사서 친구의 사진 앞에 놓았다. 그토록 찬란하게 열망하던 젊은 날의 꿈들이 세상 바람에 퇴색되기 전에 떠나버린 친구들의 사진을 보고 참 많은 생각을 했던 것 같다.

오늘은 한 번뿐이니 행복을 미루지 말기.

인생은 한 번뿐이니 사랑을 미루지 말기.

잠시 멈춰서 내 안의 소리를 들어주기.

미안해, 고마워, 사랑해 같은 간지러운 말 아끼지 말기.

차가운 도시 이곳에

날 버려두지 마

표정 없는 사람들 속에

외로운 건 싫어

내 꿈의 저울은

오늘로 기우네

누구든 내게 다가와

내 얘길 들어줘

휘청이는 이 세상 속에

혼자 하던 노래

지친 나의 맘에

귀를 기울여요

오늘은 한 번뿐 행복을 미루지 마요

잠시만 멈춰서 내 안의 나를 봐요

거리에 넘치는

수많은 슬픔들

그 속엔 모두 다

외로운 사람들

회색빛 세상이 내게는 추워요

다정한 사랑이 너무나 그리워

인생은 한 번뿐

사랑을 미루지 마요

누구를 위해서

어디로 가나요

오늘은 한 번뿐

행복을 미루지 마요

잠시만 멈춰서

내 안의 나를 봐요

_ 조동희, 〈비둘기〉, 2011

하나

음악

누군가 써놓은 글을 보고 동료들과 한참을 웃었다.

"나는 인내심을 사회생활이 아닌 '하나음악'에서 배웠다."

느리고도 느린, 하지만 멈추지 않고 흘러가는 강줄기 같은 노래들. 논현동 어느 주차장 셔터를 열고 들어가면 그곳에는 비밀 조직의 아지트처럼 지하로 내려가는 계단이 있었다. 열 계단 정도 내려가면 육중한 문이 있고 왼쪽으로 향한 그 문을 열면 쿵쾅쿵쾅 음악 소리가 들렸다. 담배 연기로 눈이 매웠고 한쪽에선 술을 마시고 다른 한쪽에선 토론을 하고 또 다른 한쪽에선 게임을 하고 있고 연습실에선 누구든 연주를 하고 있다. 언제든 녹음 가능한 녹음실이 있고, 통유리로 된 작은 회의실도 있고, 둥근 원탁이 있는 응접실도 있었다. 나는 그 응접실에서 신윤철, 고찬용 선배들과 기타 치고 노래하며 27시간을 깨어 있기도 했다.

많은 음악인처럼 나 또한 감수성과 기다림의 미학이 있

는 하나음악 속 한 사람이었다. 학교가 끝나면 그곳에 가서 노래하고, 녹음하고, 잠이 들었다. 당시 하나음악은 유재하가요제도 주관하고 있었기 때문에 그 출신의 재능 있는 신인들이 자연스레 유입되기도 했다. 3회 연속 동갑의 남학생들이 대상을 받았는데 조규찬, 유희열, 고찬용 등이 그들이다(하나같이 지금 가요계의 보석 같은 사람들이 아닌가). 또 하나음악 연습실에는 김현철, 이소라, 김장훈, 박학기, 하덕규, 함춘호, 최성원, 강인원, 이병우, 박인영, 정혜선, 이경, 오소영, 이규호 등 당시 한칼 하는 음악가들이 모여 놀았다. 영화감독, 배우, 문학가들도 자주 출몰했다. 지금 생각하면 참 보석함 같은 곳이었구나, 불꽃 같은 시간이었구나 싶다.

하나뮤직—푸른곰팡이
대한민국 최강의 작가주의 음악 공동체

어느 지면에서 본 이 문장이 내게 그리움과 자랑스러움, 동시에 어떤 무게를 안겨주었다. 하나음악, 푸른곰팡이는 내 앞의 선배들과 동료들이 맨발로 가꿔온 정원의 역사다. 나는 그것을 소중히 간직할 것이다. 변색하거나 훼손되지 않도록.

하나음악, 푸른곰팡이를 스쳐 간 음악가들에게 진심의 존경과 감사, 응원을 보낸다. 누구든, 어디에 있든 따로 또 같이, 각자의 자리에서 같은 추억을 가지고 아름다운 음악 정신을 나눈 채, 멋지게 자기 길을 가기를 기도한다.

"그만두고 싶다고 해서 그만둘 수 있는 일도 아니고 하고 싶다고 해서 할 수 있는 일도 아닙니다. 어둡고, 쓸쓸한…… 희망이 없는 곳일지라도, 누군가는 남아 있어야 하지 않을까요?"_조동진

작사가
로서

내가 음악을 하게 된 데에는 수많은 선배 뮤지션의 음악이 있다. 다 나열하기 힘들 정도로 멋진 음악이 있었는데, 그중에서도 나는 가사가 좋은 노래들에 유난히 반응해온 것 같다.

나는 늘 글과 음악 사이에 있었다. 작사가, 싱어송라이터, 영화음악가, 작가, 지금 내게 붙은 수많은 타이틀 중에서 처음 프로로서 얻은 직업은 작사가였다. 90년대 초중반, 한창 작사 일을 활발히 하던 그때는 가요계의 르네상스였던, 백만 장의 앨범 판매가 가능하던 시절이었고, 작사료나 저작권료 또한 잘 융통되던 시기였다. 한 번 작사를 맡길 때 앨범의 전곡을 맡기는 경우도 허다했으니 당시 나는 꽤 바쁜 이십 대를 보냈을지도 모른다.

한편, 어딜 가나 작곡에 비해 작사가 간편해 보이니 가사는 쉽게 써진다고 생각하는 사람들이 꼭 있었는데, 녹음실 관계자가 본인이 가사를 쓰겠다고 나서는 경우도 많이 보았다. 물론, 자신의 글 재능을 발휘해보고 싶다는 열망이 있거나 미처 몰랐던 재능을 발견하게 되는 경우라면 그야말로 다행이지만, 대개 '이 돈을 주느니 까짓것 내가 쓰겠다'라고 생각하는 사람들이었다.

작사라는 것에 어떤 자격 요건이 있는 것은 아니지만, 그렇다고 아무나 할 수 있는 일도 결코 아니라는 것을 밝히고 싶다. 요즘 작사든 작곡이든 대중음악을 시작하려는 친구들은 음원 차트 100위 안에 드는 노래 가사나 곡을 분석하고 카피하는 수업을 받는다. 그러다 보니, 작업 전에 반드시 레퍼런스를 두어야만 작사가 시작되는 경우가 많다고 한다. 물론 대중의 눈높이를 고려하지 않으면 안 된다. 그러나 그것에만 의존하면 창의력과 본인의 색이 형성되기 힘들다. 시간이 지나도 리메이크되고 세대를 불문하고 흥얼거리는 노래는 작곡가와 작사가만의 색이 묻어 있는 경우가 많다.

반대로 그 시절, 그 시대, 그 세대들만의 코드는 분명 존재하고(해왔고, 해야 하고) 장르를 불문하고 그것에 아예 등을 돌리고 나만의 성 안에서 살아가는 것도 능사는 아니다. 그러므로 시절의 호흡과 코드를 아는 일은 중요하다. 또한, 대중음악가와 아티스트가 반대말이 아니듯 아티스트라면 내가 맞추느냐, 내게 끌고 오느냐, 또는 언제, 어디서 나의 이야기를 들려줄 것인가의 치밀한 작전도 세울 줄 알아야 한다.

사실 나도 이런 기획을 잘하는 편이 못 된다. 여러 가지 부족한 부분이 갈수록 눈에 보여 부끄럽다. 다만 한 가지는 기억하려 애쓴다. 저 시대와 이 시대를 아우르는 보편적인 감수성은 있다라는 것. 그것을 찾는 게 제일 중요한 일이라는 것.

보이지도 않는 감성을 글로 표현한다는 것이 아득히 어려운 일이라, 작가는 수많은 불면의 밤을 외롭게 지새우며 창작을 한다. 가사에 한 줄 한 줄 헛된 단어가 없고, 나, 너, 우리와 동의어 반복으로 글자 수를 낭비하지 않을 때 좋은 음악이 탄생하게 된다.

좋은 그림은 음악이 들리고, 좋은 음악은 그림이 보인다.

3장

우
리
들
의

중
력

때론 남루하고

때론 치기 어리고

때론 내가 나를 죽이고

때론 하늘을 우러러 부끄러워도

아스팔트 틈에서 문득

작은 꽃을 발견하듯이

건조한 생의 중간중간

작은 기쁨들이 날 웃게 할 때

그런 게 바로 삶의 무늬가 되고

삶의 그림이 되고 노래가 되네

슬픔과 기쁨은 총량의 법칙을 따른다고

그러니 늘 채워진 만큼 비우라고

내가 나를 다독이는

오래된 버릇

인생
총량의
법칙

연년생에 쌍둥이가 태어날 줄은 꿈에도 생각 못 했기에, 나의 육아는 치열하다는 말로 부족한, 넋이 나간 전쟁터 같았다. 매일 밤 혼자 중얼댔다. "다 지나갈 거야. 아이는 자라고 내 시간이 올 거야. 모든 것엔 총량이란 게 있어. 계속 이렇지는 않을 거야." 이 시절은 절대적으로 '노가다 총량의 법칙'이었지만, 아이들의 환하게 웃는 얼굴을 보면 언제 그랬냐는 듯 고단함이 녹아내리기도 했다.

무엇보다도 음악을 하지 못한다는 것이 자꾸만 나를 괴롭게 했다. 처음엔 미련이 남고 속이 상해서 기타도 팔아버리고 음악을 듣지도 않았다. 아니, 듣지 못했다. 잠깐이라도 한눈을 팔면 아이가 변기에 들어가 있었고, 돌아서면 세제를 바닥에 들이부어 스케이트를 타고 있었으니까. 내 곁의 도움이라곤 뽀로로와 방귀 대장 뿡뿡이밖에 없구나, 하고 한숨짓던 어느 날, 간단한 연극 음악 작곡 의뢰가 들어왔다.

우는 아이를 업고 작업을 시작했다. 그러나 아이는 가사를 한 줄 쓸 때마다 울었고, 그 바람에 맥이 끊기고 짜증이 나기 일쑤였다. 이러다 음악에 무뎌지고 음악가로서

내가 사라질까 봐 초조했다. 게다가 매일 발가벗고 뛰어
놀던 세 아이는 잠시 꺼내놓은 나의 첫 기타 깁슨의 모가
지까지 부러트렸다! 기타를 처음 손에 들고 행복해하던
날들이 스쳐 지나갔지만 이내, 그걸 지금 이 전쟁 속에 꺼
내놓은 내 잘못이 크다는 후회와 자책이 들었다.

생각 끝에 나는 양쪽에 폐를 끼칠 일은 하지 말자는 마
음으로 육아에 집중했다. 그렇게 욕심 같은 한 부분을
잠시 접어두고 나니 한결 편해졌다. 마음이 편해지니 마
법처럼 다시 음악이 들렸다.

그렇게 6년간 천천히, 차곡차곡 쓴 곡들로 2011년 1집을
냈다. 이는 첫 앨범의 의미 이전에 내게 너무나도 치열했
던 일상의 꼬리 방울 같은 선물이라, 그 어떤 더 나은 앨
범이 나온대도 이것만큼 소중하진 않을 것이다. 그리고
얼마 전 9년 만에 2집을 발표했고, 아이들은 이제 고등학
생, 중학생이 되었다.

총량의 법칙이 작용하기 시작했다.

생활의 노래

태엽 감은 새처럼.
하루가 뻐근하게 시작되는 시간.
노래하고 싶어, 느끼고 싶어 답답하던 날.
노래라고는 아기 자장가뿐이던 밤들.
하지만 난 울지 않았네.
하루하루 살아내었네.
무뎌지고 사라질 것 같아.
불안하고 초조하던 날들
내 꿈이 자꾸 멀어진다 느꼈지만
이제 알았어.
내 마음을 키워준 건
아이들의 웃음소리
'엄마'라는 낮고 낮은 이름.
살아내고 이겨내며 붙잡고 싶은 그것
삶이라는 아프고도 아름다운 이름.

자기만의
십자가

내가 삐걱이며 지나온 발자욱들은
내 상처를 만들고 다시 덮어온 삶의 기록.
그 좌절과 부끄러움, 반성과 슬픔의 시간들이
결국 나를 조금 더 어른으로 만들어주는 걸 알기에
'누구나 자기만의 십자가를 이고 걸어가요.'*

슬픔의 무게를 잴 수도 비교할 수도 없듯이
내게 닥친 시련은 누구도 나만큼 무거워하지 않는다.
그 시련 앞에 넘어지고 쏟아지며 걷는 게 삶이다.
그러니까, 우리의 실수들은 얼룩이 아니라 무늬
나를 만든 고마운 무늬.

* 안톤 체호프의《갈매기》에 나오는 대사.

산책

육아와 일을 겸하는 엄마들의 묘한 압박감, 창작하는 사람에게 더욱 가중되는 감정의 파도, 세상의 끝처럼 외로웠다가 사막의 중간처럼 외롭고 싶다가. 그 감정의 조율에 실패한, 어느 유난히 머리 지끈하고 체력이 바닥인 날이면 전쟁터에서 시를 쓰는 기분으로 혼잣말을 한다.

"떠나고 싶다"

그렇게 떠난 통영이었다. 한 봄날 낮에 이원 시인과 함께 통영을 걸었다.

낮고 자분자분한 소리, 쉽고도 유머러스한 표현, 다정한 미소. 선생님과의 산책은 내 도돌이표 같은 넋두리에 아침 우물물 같은 청량함을 준다.

"떠나고 싶게 만드는 건 중력이 있기 때문이에요. 중력이 없으면 막 휙휙 겉돌기도 해. 그 중력이 당신의 힘이에요."

그 산책 이후, 나는 큰 깨달음을 얻은 듯했다. 내 어깨 위에 얹힌 짐들에 놀라서 때로는 아무도 모르게 던져버리고 싶은 그 일상의 중력이, 우리가 가진 중력의 메아리가, 어쩌면 우리를 지탱해주는 것이라는 말은 산책길에 만난 풀처럼 우리를 다독여준다.

다 그래

그대의 등은 활처럼 휘어가고

머리는 벚꽃처럼 희끗하고

더웠다 추웠다 고장 난 보일러처럼

기분도 웃었다 울었다

나를 아는 모두가 멀어진 것 같고

있어도 외롭고, 없어도 외롭고

나만 빼고 다들 행복해 보여

자꾸 작은 일에 서운해져

청소하다 한숨 쉬며 혼잣말하고

이루지 못한 꿈은 모두 남의 탓

누구도 듣지 않는 자기 자랑 늘어가고

삐뚤어진 봉제선처럼 엇나가는 것 같을 때

아, 나 참 빛났었는데

나 정말 멋졌었는데

지금의 난 왜 이래, 필요 없는 존재 같아

저기 지는 해 같아

다 그래. 누구나 그럴 때가 있어

지금껏 살아오며 흘린 눈물은 모두 빛나는 보석

괜찮아. 누구나 그럴 때가 있어

오른 만큼 내려오는 길인 거야. 모두 다 그래

다른 것은 틀린 게 아니야.

세상 속에 우린 모두 다른 음표

각자의 자리를 울려

아름다운 노래가 되는 거야

다 그래. 누구나 그럴 때가 있어

지금껏 살아오며 흘린 땀은 모두 빛나는 보석

괜찮아. 누구나 그럴 때가 있어

오른 만큼 내려오는 길인 거야. 모두 다 그래

섬

우리는 각자 떠도는 섬
물결을 따라 가까워졌다 멀어졌다
꽃이 피면 그대 나를 찾아와도
흰 눈이 쌓이면 찾는 이 없네

우리들의 중력

말이란

담요처럼

말을 참 예쁘게 하는 친구가 있다. 후배 뮤지션인데 노래도 그렇지만 마음이 참 예쁘다. 언제나 내 마음 털어놓고 기대도 좋을 포근한 어깨를 가진 친구다. 그 역시 자신의 고민을 털어놓을 줄 알고, 욕심이 피어오를 때는 내게 조언을 구하기도 한다. 그러면 나는 "그건 너무 자연스러워"라고 얘기해준다. 이처럼 나는 친구들에게 마음을 털어놓는 것을 좋아하는데, 가까운 사람들은 그러지 말라고 말한다. 모두 남이라 돌아서면 욕한다고.

그래, 그럴 수도 있겠지. 근데 욕이라기보다 그저, '남 얘기'로 볼 수는 없을까. 나는 개의치 않는다. 나와 헤어진 순간부터 그 사람은 그 사람이니까. 사람이 어떻게 한 모습만 가질 수 있을까 싶지만 한 가지는 말하고 싶다. 친구라면 남한테 친구의 허물을 열어 욕하는 행동은 하지 말자. 이해해주거나, 이해가 어렵다면 좀 더 기다려주자.

A가 B에 관한 이야기를 한참 한다. 다시는 안 볼 것처럼.
B가 A에 관한 이야기를 엄청 했다. 인연을 끊을 것처럼.
나는 잘 모르겠어도 그저 들어준다.

다음에 보면 A와 B는 다시 친하게 지낸다. 나는 표정 관리가 안 된다. 잘된 것 같기도 하고, 아닌 것 같기도 하고. 그러다 C가 한마디 했다.

"다 그러고 살아. 다 그래. 그게 사회생활이야."

내 모습을 돌아본다. 아, 어쩌면 나도 그랬을까. 다 그런 것처럼. 그랬다면 미안하다. 그들과 나 자신에게, 그 쓸데없는 시간들에.

우린 참 쉽게 말하죠
누가 좀 어떠어떠하다고
누가 뭘 어떻게 했다고
누구누구가 그렇고 그런 사이라고
자기 몸은 투명하다는 듯이
남의 몸에 덧칠을 하고
자기는 그런 적 없다는 듯

툭툭 손을 털어요
무리를 짓는 말들은 눈덩이처럼 커지고
이 세상에 굴러다니다 녹아버리겠지만
어느 밤 외로운 마음엔 독이 되어
날개를 꺾어 쓰러지게도 해요
말이란 담요처럼 따뜻하게요
누군가를 웃게 하고 살게 하도록

끓는
점

물은 끓는점에서 단 1도라도 부족하면 절대 끓지 않는다.

그 1도의 차이로 물은 수증기가 되어 날아간다.

하나의 상태가 다른 상태가 될 때는 반드시 그 임계점을
넘어야 하고, 우리의 노력도 그 한계를 넘어서야 무엇에
닿을 수 있다.

사람도 역사도 지나온 시간을 보면

이다음에 무엇을 할 수 있을지 알 수 있다.

그 사람의 살아온 모습이

앞으로 살아갈 모습과 크게 다르지 않으므로.

자신의

날개로

'나무에 앉은 새는,

가지가 부러질까 봐 두려워하지 않는다.

새는 나무가 아니라 자신의 날개를 믿기 때문이다.'

새가 나뭇가지가 아닌 자신의 날개를 믿듯이.

우리는 우리가 처한 상황보다 자신의 의지를 믿는 편이

현명하다.

일에서도 사랑에서도,

무언가와 함께 걸으려면 홀로 설 줄 알아야 한다.

불꽃

놀이

몇 년 전, 일본 돗토리현 요나고시에 공연을 갔을 때 온 도시에서 불꽃놀이 행사를 했다.

미크리아해변에는 수많은 포장마차가 경쟁하듯 불을 밝히고 있었고, '이 동네에 사람이 살긴 사는 걸까?' 싶게 한산하던 거리에 마법처럼 사람들이 쏟아져 나왔다.

어디선가 흘러나오는 방송을 통해 폭죽 업체의 광고가 운동경기의 해설처럼 줄지어 이어지고 나자 여기저기에서 폭죽이 터지기 시작했다.

그 규모가 얼마나 장대하고 아름다운지 모두가 말없이 하늘을 바라보았다. 바다 위로 섬광처럼 터지는 불꽃을 보며 눈물이 핑 돌았다.

저처럼 헛되게 부서지고 사라지는 순간이, 마치 인생의 찰나와 같아 보였기 때문이다.

어떤 어제도, 어떤 내일도
오늘보다 빛나지 않는다는 걸
그 찬란한 밤하늘이 말해준다.

일생을 마친 뒤 남는 것은

내가 모은 것이 아니라,

내가 뿌린 것일 테니

오늘, 매 순간 우리 아낌없이 나누기를.

밤하늘 불꽃놀이

환하게 부서진다

밤하늘 불꽃놀이

헛되고 찬란한 노래

모든 건 섬광처럼

나와 그대를 지나고

잡고 싶은 시간은

연기처럼 또 사라진다.

어떤 어제도

오늘보다 빛나지 않아

그대 미소 여기 이렇게

새로이 아름다우니

밤하늘 불꽃놀이

헛되고 찬란한 노래

모든 건 섬광처럼

나와 그대를 지나고

어떤 어제도

오늘보다 빛나지 않아

그대 미소 여기 이렇게

새로이 아름다우니

어떤 내일도

오늘보다 빛나지 않아

구름 걷혀 이제 보이는

선명한 우리 별자리

밤하늘 불꽃놀이

환하게 부서진다

_장필순, 〈불꽃놀이〉, 2020

친구

누군가 앞에선 웃고 돌아서서 널 비난한다면

그를 친구라 부르지 않아도 돼

맛있는 거 같이 먹고

입 발린 칭찬으로 환심을 사도

네가 바닥일 때 또는 높이 오를 때

그는 네 편이 아닐 거야.

친구란 널 위해 쓴 말도 해주는 사람

자주 볼 수 없어도 늘 따듯이

담아둔 사람

네가 떨어지건 오르건 떠나지 않고

네 푸른 날개를 조용히 믿어주는 사람

그런 사람이 있다면

너 지금 혼자 있어도

슬픈 게 아니야

외로움과 쓸쓸함은

숫자와는 관계없는 것.

그런 친구 내게 있다면

내 삶은 행복일 거야

존경하는

사람

살아가며 우리는 이런 질문을 참 많이 받는다.

"가장 존경하는 사람은 누구입니까?"

나는 바로 답할 수 있다. 마더 테레사. 성당을 다니며 처음 접한 그 이름을 나는 작고 구부정한 할머니쯤으로 막연히 기억하고 있었다. 그러다 성인이 되어 인도 여행을 갔다가 콜카타주에 있는 '마더 테레사의 집'을 방문하게 되었는데, 그곳에서 장기 봉사활동을 하는 세계 여러 사람을 만날 수 있었다.

처음엔 그저 궁금했다. 자신과 상관없는 사람들을 위해 진심으로 희생하고 봉사하는 그 마음이. 나는 인도인들의 도움을 받아 며칠간 그곳에서 봉사할 수 있는 허가를 받았고, 그들의 마음을 몸으로 느껴보기로 했다. 지치고 쓰러져가는 노숙자를 돌보는 '마더 테레사—죽음을 기다리는 집'과 장애 어린이를 보호하는 고아원 '다야단' 두 곳에서 나는 세계 각국에서 온 조용한 천사들을 만났고 그들과 함께 죽음을 기다리는, 아니 삶을 기다리는 사람들을 씻기고 입히고 먹이고 돌봤다.

내겐 고작해야 며칠간의 봉사였지만 다른 이들은 의사, 간호사 등의 이름으로 몇 년간 그곳에서 자신의 촛불을 태운다. 그 비현실적일 만큼 아름다운 불꽃. 사는 동안 흐릿하게 잊었다가 펄럭이는 흰 빨래를 볼 때, 가느다란 노인의 손목을 지나칠 때, 어디선가 텅 빈 눈빛을 마주칠 때 다시 살아 올라오는 불꽃을 태우는 모든 이를 나는 존경한다.

　　　　사람들은 불합리적이고 자기 중심적이고 비
　　　　논리적이다.
　　　　그래도 사랑하라.
　　　　당신이 선한 일을 하면 이기적인 동기에서 하
　　　　는 것이라 비난받을 것이다.
　　　　그래도 좋은 일을 하라.
　　　　사람들은 도움이 필요하면서도 도와주면 공
　　　　격할지 모른다.

그래도 도와줘라.

세상에서 가장 좋은 것을 주면 당신은 발길
로 채일 것이다.

그래도 가진 것 중에서 가장 좋은 것을 주어라.

_ 켄트 M. 키스, 〈위대한 역설〉 중

동쪽
여자의
최소우주

내 이름은 동쪽 여자, 뭐 큰 의미는 없지

아마, 남아 있는 이름이 그리 많지 않았을 거야

내 이름은 동쪽 여자, 동쪽에서도 동쪽에 살았지

어리고 여렸지, 필름처럼 시간이 흐를 때

어디든 갈 수 있는

용감한 날개와

시작도 끝도 두렵지 않은

큰마음을 꿈꾸며

새벽 강 안개처럼

슬픔은 사라질 거야

그저 나 멀리서 그대

안부를 물어요

작은 나무 책상 위에 발레리나 오르골이

조심스레 돌아가며 예쁜 멜로딜 스칠 때

내 이름은 동쪽 여자,

동쪽에서도 동쪽에 살았지

어리고 여렸지. 혼자인 채 시간을 버틸 때

아무런 준비도 없이

어른이 되어버렸네

벗어나려고 달아나봐도

이미 많은 걸 가졌네

한여름 소나기처럼

모든 건 지나갈 거야

그저 나 혼자서 꿈의

안부를 물어요

내 이름은 동쪽 여자, 뭐 큰 의미는 없지

아마, 남아 있는 이름이 그리 많지 않았을 거야

내 이름은 동쪽 여자.

동쪽에서도 동쪽에 살았지

어리고 여렸지. 필름처럼 시간이 흐를 때

_ 조동희, 〈동쪽여자〉, 2020

동녘 '동'에 여자 '희'. 나는 동쪽 여자다.

어릴 때는 내 이름이 그렇게 싫었다. 다른 여자아이들 이
름처럼 예쁜 것도, 그럴듯한 깊은 뜻이 있는 것도 아닌
읽기 그대로 동쪽 여자다. 집에 남은 이름이 별로 없었다
는 말에, 더한 이름이 아닌 게 어딘가 위안하며 살았다.
이왕 동쪽 여자인 것, 동쪽을 대표하는 여자가 되어도 괜
찮으련만, 어릴 때부터 자립적인 생활을 반복하다 보니
나는 일부러, 때때로 의존적이 된다. 그럴 수만 있다면 어
디 좀 기대어 쉬고 싶고 그렇게 울고 싶다.

요즘의 나는 세상을 너무 모르고 살았나 싶다. 아니 믿
고, 믿고만 살았다 싶다. 그러나 한편 의심만 하며 중요
한 걸 놓치고 사느니 믿고 아프고 말자는 생각도 한다.
그렇게 동쪽 여자는 무모하고 용감한 날개를 틔웠다.

비와 해의 시간은 동쪽 여자의 작고 완전한 우주다.
이 완전은 어쩌면 불완전을 말한다.

불완전하고 불안전한 우리가
완전해지고 안전해지는 시간.
슬픔이 사라지는 시간
모든 게 지나가는 시간.

동쪽 여자는 그 작고 투명한 우주 속에서,
무모하고 따뜻한 날개를 움트며
오늘도 꿈의 안부를 묻는다.

4장

사
랑,
아
무
것
도
아
닌
얘
기

●

사랑을 하여도 외로움은 멈추지 않았지

오히려 더 커져만 갔어

누군가에게 답을 찾지 마

그 답은 언제나 네 안에 있어

어제는 네모 오늘은 세모 내일은 동그라미가 될까

반짝이 가루 사이 마음의 도형

실수, 실패, 눈물의 비를 맞아도

또다시 찾아온 하루는 소중한 기회라고

꿈, 자유, 사랑이 없다면

무엇이 이토록 우릴 살게 하겠니

한마디로 설명할 수 있다면

왜 많은 시간 헤매었겠니

좋은 일도 나쁜 일도 머물지 않아

모두 다 지나갈 거야

손가락 사이 스치고 빠져나가는

어린 시절 모래처럼

사랑의
모양

이 세상 속에 흩어져 있는
무지개 같은 이야기

뾰족한 상처, 동그란 설렘
꼭꼭 접은 비밀들

주위를 둘러보면 모두 다르게 간직한
많은 사랑의 모양

달콤했던 시절들은 모두 흘러도
그거면 돼요. 우리 남김없이 사랑했다면

쥐고 있던 두 손을 펴도
날아가지 않아요

달보다 먼 사람, 미운 사람, 보고 싶은 사람

우리 마음속에 모두 다르게 스며든

떠난 사랑의 흔적

서로에게 남겨진 모습이 아파도
그거면 돼요. 우리 남김없이 사랑했다면

저기 한 송이 꽃, 초록의 어린 잎
그대 안에 피고 지는 이유

서로에게 길들여진 모습 달라도
어쩌면 세상, 숨 쉬는 모든 건 사랑을 원하죠

완벽한 사랑은 없듯
실패한 사랑도 없네

시절
인연

어느 시절,

우연처럼 만나는 사람들은

결국 같은 바다로 가던 냇물들이 아닌가

사랑을
사랑하게
될 때까지

불규칙적 통증처럼 당분간은 그럴 거야
가슴 한복판이 답답하고 먹색일 거야.
하늘하늘 미소가 자꾸만 아른댈 거야.
차가운 햇살이 추억을 더 아프게 할 거야

온몸에 스며든 너의 입자 모두
저 바람이 데려갈 때까지
저 시간이 훔쳐갈 때까지
그렇게 다시 빈 몸이 될 때까지

온몸에 스며든 너의 입자 모두
저 바람이 데려갈 때까지
저 시간이 훔쳐갈 때까지
사랑을 사랑하게 될 때까지

사랑을 사랑하게 될 때까지

언니,

사랑이 뭐예요

언니, 사랑이 뭐예요. 라고 물을 때면

난 뭐라 얘기해줘야 할지 고민하곤 해

왜냐하면 나도 아직 사실

그 답을 찾지는 못했거든

그저 아름답기만 한 사랑은 없어

아름답게 기억하는 사랑이 있을 뿐

상처받지 않는 방법은 예로부터 없으니까

두려워하지 마. 마음의 모양을 봐

사랑도 이별도 그 시절의 선물 같은 것

다시는 오지 않을 이 시간 속의 선물 같은 것

언니, 사는 게 뭐예요. 라고 물을 때면

난 아주 난감한 표정 되어 웃음 짓곤 해

왜냐하면 나도 아직 사실

그 답을 찾지는 못했거든

수많은 관계와 오해 속에

거미줄처럼 벗어날 수 없다고 느낄 때

그 안에 또르르 굴러다니며

부딪쳐 부서지는 것

그게 너의 오랜 외로움이야

여린 네 맘속의 그 어린아이

누구도 대신 못 할 이 시간 속에서

후회는 하지 마. 모든 건 다 지나가

실수도 실패도 그 시절의 흉터 같은 것

아프고 힘든 만큼 더 튼튼한 꽃이 필 테니

두려워하지 마. 마음의 모양을 봐

사랑도 이별도 그 시절의 선물 같은 것

두 번은 오지 않을 이 시간 속의 선물 같은 너

_ 조동희, 〈언니, 사랑이 뭐예요〉, 2018

두

세계

너의 세계와 나의 세계는
서로 다른 행성
서로 우주를 돌다가 쿵 부딪쳐
스치고 마주 보다 함께 걸어가네

사랑은
스며드는 것
기울지 않는 것
살아나게 하는 것
피어나게 하는 것

너의 세계와 나의 세계는
서로 다른 행성
서로 우주를 돌다가 쿵 부딪쳐
스치고 마주 보다 같은 곳으로 가네

사랑은
서로를 해치지 않는 것

서로를 밝게 비춰주는 것

내 세계를 지켜주는 것

하나를 강요하지 않는 것

사랑은

나를 빼앗지 않는 것

불안하지 않은 것

소유하지 않고 가질 수 있는 것

너와 나 두 세계가 만나는 것

연애
시

사랑이 상실되어가는 시대, 사랑하기 주저하게 되는 시대, 사랑에 조건이 붙고, 이유가 따르는 시대이지만 우리는 언제나 로맨티스트를 꿈꾼다.

이런저런 각자의 사정이 뒤따르기 마련인 구구절절한 단어 '사랑'. 하지만 결국에 사랑은 너무나 좋은 것이다.

그 마음 진짜였다면, 계산 없이 끝없는 사랑을 해보는 것도 기나긴 인생에 있어 결코 손해는 아니다.

한 일도 없이 하루가 다 갔어요

사실 난 뭐 하나 내세울 것 없소

하지만 당신이 그리워 글을 쓴다오

나 기다림 하나만은 자신 있어요

밤과 새벽 사이

외로움과 그리움 사이

눈빛과 떨림 사이

사람과 사랑 사이

이 사랑이 결국 나를 아프게 해도

사랑 없는 인생보다는 낫지 않은가

빛과 어둠은 우리 머리 위에 언제나

돌고 돌고 돌아오는데

움츠리는 그대여, 내 말 들어봐요

사랑은 너무나 좋은 거예요.

이 세상 한 번쯤은 그 모든 걸 바쳐

아무 남김없이 사랑을 해요.

_조동희, 캡틴 락, 〈연애시〉, 2019

너 그래 바로 너

멀리 있진 않았는데

찾을 수가 없었어

너 사랑스런 너

그 얼마나 오랫동안

기다리고 있었니

나에게 필요한 건

많은 게 아니었어

언제나 나의 곁에

있어줄 그런 사람

눈뜨면 언제나

니가 있어줘

커다란 이 세상에

하나뿐인 너

너 아무 말 없이

나의 머릴 만져줄 때

난 쉴 곳을 찾았어

나에게 필요한 건

많은 게 아니었어

순진한 아이처럼

사랑할 그런 사람

눈뜨면 언제나

니가 있어줘

커다란 이 세상에

하나뿐인 너

모두 다 떠나도

나를 지켜줘

외로운 이 세상에

또 하나의 나

_조동희, 〈너〉, 2011

마음
사전

'만남'

작은 눈빛만으로 넘치게 매겨보는 의미

운명이라 믿어보는 마음의 작은 불꽃

'고백'

오해와 침묵, 고통과 지루함이

다음 페이지라 해도 시작하겠다는 다짐

'사랑'

네가 더 빛나고 행복하길 빌어주는 것

의심 없이, 계산 없이, 아무 상관 없이

'희망'

너를 향한 내 마음의 그림책

그림자 없는 그림

'이별'

사랑이라는 진공상태에 머물다

세상을 향해 다시 여는 문

'아픔'
가슴에서 흘러나오는 눈물
사랑한 시간에 대한 대가

'추억'
모두 지워야 하는 게 아니라
그 시간을 마주하는 용기

'시간'
너를 사랑한 걸까
네가 있던 그 시간을 사랑한 걸까

손마디

나는 항상 내 사랑을 믿지 못했네

그저 허한 마음이 만든 위안 같은 것

마른 나무에 잠깐 앉았다 떠나갈

바람 같은 거라 생각했네

하지만 그대 나의 손을 잡고

추운 거리 말없이 걸을 때

잠시 내 마음을 맡겼어

아무 의심 없이 아무 계산 없이

세상에서 내가 제일 좋다고

내 손 잡고 웃을 때

그 손마디가 미더웠어

아무 상관 없이 아무 상관 없이

청포도색
하늘,
자몽빛
볼

미셸 공드리 감독의 영화를 좋아한다. 특히 그가 핸드폰으로 찍은 귀여운 단편영화 〈우회Détour〉를 보고서는 그 특유의 색감과 사랑스러운 세계관에 더욱 빠져들었다.

역시 가장 좋아하는 영화는 〈이터널 선샤인Eternal Sunshine of the Spotless Mind〉이다. 꽤 지루하고 복잡한 구성이라 쉽지 않은 영화지만 그럼에도 몇 번을 찾아보게 되는 이유는 너무 멋진 음악 때문일까, 짐 캐리와 케이트 윈즐릿 때문일까. 어쨌든 난 이 영화의 제목만 들어도 가슴이 아프다. 아쉽고, 애틋하다.

주인공 조엘은 아픈 기억만 지워준다는 사람을 찾아가 헤어진 연인의 기억을 지우고 싶다고 말한다. 기억이 하나둘 사라져갈 때마다, 조엘은 사랑이 시작되던 그 순간과 그 얼굴, 천진하던 둘의 장난과 표정들이 떠올라 괴로워한다. 조엘은 기억을 지워주는 사람에게로 달려간다. '이 기억만은 지우지 말아달라'며 애원한다. 만약 누군가와 관련된 머릿속 모든 기억을 지운다면 정말 백지가 될까?

난 어느 봄날 공원 벤치를 기억하고, 어린 시절 동네 골목길 햇살을 기억한다. 그때의 기분들을 기억한다. 머리와 가슴은 별개다. 그래서 사랑을 하고 이별을 한다. 앞으로 나올 가사는 그 애틋함에 관한 노래다. 청포도색 하늘과 자몽빛 볼에 관한.

부는 바람에 맘을 풀어놓고

나부끼는 대로 바라본다.

이런저런 우리 오해들이

뒤엉키고 또 풀리는 시간

무릎을 베고 누운 머릿결

반짝 떠오르는 네 눈빛은

이렇게 출렁이며 올라

내 마음을 넘치게 해

환하게 웃는 모습에 나도 따라 웃게 될 때

아직 내가 생생히 살아 있다는 게 느껴질 때

날 웃게 하고 변하게 하고

아쉽게 하고 행복하게 하는 사람

애틋하다

애틋하다

청포도색 하늘이

너의 자몽빛 볼이

애틋하다

애틋하다

나의 아픔 아는 듯이

속삭이는 너의 노래

_조동희, 〈애틋하다〉, 2017

민들레

너는 거기 햇볕 내리는 언덕에 낮게 누워 있었지

작은 봉우리 살며시 피어날 때 우리 함께 웃었지

살랑 바람에 너의 꽃씨 날아가네

바람의 손짓 따라 온몸을 날리우네

내가 여기 울고 있는지 모르고

아직 기다리는지도 모르고

내 사랑의 조각들 가루처럼 땅 위로 내릴 때

다시 피어난 너는 나를 기억할 수 있을까

봄의

지도

인도에서는 우편물을 받기가 어렵다. 행정 업무도 느리고 불안정한 상태. 내가 그곳에 처음 갔던 시절에는 가령, '바라나시 강가 어느 돌계단 앞 어느 나무 아래 이발소'라는 식으로 우편을 보낸다고 했다. 제대로 배송될 리만무한 이 주소가 나는 왜 그리도 좋은지.

이제 우리는 헷갈릴 일 하나 없이 정확하게 주소를 명명하게 되었지만, 옛날 사람들은 모두 다 저렇게 소식을 주고받았겠지. 아니면 그림으로 그려주던가? 그리고 그 안에는 지극히 주관적인 관찰과 사유가 담겨 있었겠지. 그것은 이미 한 편의 시, 한 폭의 명화.

오늘 나의 주소를 이렇게 적어보고 싶다.

세검정 정자에서 오른쪽 골목으로 들어오면
왼쪽에 냇물이 졸졸 흐를 거야.
이곳이 정말 서울이라고? 하는 생각이 들 때
쯤이면 가끔 오리들이 인사를 할 거야.
그 오리들을 바라보다 보면 오른쪽에 오래된

성당이 나올 거야.

나는 거기에서 가끔 미사를 보곤 해.

사람의 기척이 하나둘 떠난, 재개발을 하네마네 이슈가 되는, 애처로운 낮은 집들의 행렬을 지나 왼쪽으로 굽어진 길을 따라오다 보면 70년대 영화에서나 본 듯한 작은 슈퍼마켓이 나와. 한 달에 한두 번은 꼭 여기에서 영화나 드라마 촬영이 있어.

운이 좋으면 네가 좋아하는 배우들을 만나기도 하지.

그 앞 오래된 평상에서 메로나를 먹으며 바로 앞 아주 큰 벚나무를 바라보면

그때가 봄이야.

거기에서 기다려.

사탕을
모아두던
유리병처럼

어느 초여름, 밤새 사슴 꿈을 꾸었다. 너무나 우아하고 큰 사슴이 나를 바라보았다. 하얀 뿔을 가진 맑은 눈의 존재는 나에게 이런 말을 하는 듯했다.

'너의 힘든 시간을 알고 있어. 누가 알아주지 않더라도 내가 알아줄게. 곧 좋은 일들이 다가올 거야. 내가 기다릴게.'

잠에서 깨자마자 침대에 누운 채 그 사슴을 위한 글을 썼다. 그것이 내게 다가올 멋진 일들과 나를 지켜줄 보호막인 것 같았다. 어린 날 사탕을 모아두던 유리병처럼 소중한, 지나치려 해봐도 이미 너무 빛나는 나의 너.

너에게서 여름 향이 나

그 언젠가 알던 사이 같아

사슴 꿈을 꾸었지

하얀 뿔을 가진 (그때부터일까)

난 하늘을 나는 물고기

바닷속을 헤엄치는 새

땅속 깊이 피는 꽃

한겨울 느린 봄볕

나란히 앉은 시간

초록의 구원

안전한 달빛 아래

그림자 없는 꿈

사탕을 모아두던

유리병처럼

나만의 소중한 너야,

소중한 너야

먼지들 속의 먼지처럼

있는 듯 없는 듯 그렇게

지나치려 해봐도

넌 이미 너무 빛나

무지갯빛 바람이

내 발을 이끌 때

모든 게 괜찮다고

내 맘을 만져줘

담요처럼 포근한

사랑을 아는

나만의 소중한 너야,

소중한 너야

_ 조동희, 〈사슴꿈〉, 2020

유리의
집

뽀드득 눈이 발목까지 오던 날

창가에 푸르게 입김을 불어요

누구도 사라지지 않던 겨울

유리창에 그린 집은 자꾸 녹아 흘러요

밖은 추웠고 방 안은 따듯해서

밖은 어둡고 방 안은 밝아서

유리창은 자꾸 눈물을 흘려요

이토록 투명한데 보이지 않아요

마음이 들어갈 수 있긴 할까. 어느 틈으로

영원은 영원히 없기에 우리는

슬프고 아프고 사랑하는데

오르골이 멈추어도 그대는 오지 않나요

우리 깨지지 않는 유리를 만들어

흐르는 빛으로, 굳지 않는 마음으로

투명한 멜로디, 우주 속 한 송이 꽃

두 손으로 꼭 안아요. 이 겨울의 집

그대는 차갑고 나는 따듯해서

그대는 멀고 내 맘은 어려서

유리창은 자꾸 눈물을 흘려요

이토록 투명한데 보이지 않아요

마음이 들어갈 수 있긴 할까. 어느 틈으로

영원은 영원히 없지만 그대여

별들이 선물한 시간 속에서

반짝이는 이 슬픔을 훔쳐가주오

_ 조동희, 시노래 〈유리의 집〉[*],

《Toy Box》vol.6

[*] 정현우의 시 〈유리의 집〉을 가사화했다.

연대기

年代記

하얀 벚꽃 너의 눈썹 위에

내려앉던 봄을 기억해

작은 우산 우리 어깨 흠뻑

비에 젖던 밤도 생각나

멀리 웃고 있는 너

그래 난 그게 좋아

너답게 사는 모습

가지지 않아도

충분히 행복해 — 나는

언젠가 이유 없이 외로운 밤

달빛에 아침까지 뒤척일 때

꿈처럼 스며드는 사람이길

아무런 슬픔 없이 말야

기억 속에 점을 찍듯

자리마다 남은 우리 사랑의 — 기록

멀리 반짝이는 너

그래 난 그게 좋아

그 빛을 잃지 않게

우리를 보낸다.

모든 게 아름다울 때

이별은 시간이 던져준 질문

그 답을 이제는 찾은 것일 뿐

지난날 우린 모두 살아 있어

그대로, 그날 그곳 그 시간에

언젠가 이유 없이 외로운 밤

달빛에 아침까지 뒤척일 때

꿈처럼 스며드는 사람이길

아무런 슬픔 없이 말야

하얀 벚꽃 너의 눈썹 위에

내려앉던 봄은 저 멀리 가도

_정승환, 〈연대기〉, 2021년 겨울

작가의 말

―――――

조동희

제주 애월에서

2021년 10월

들뜨고 바라고 흔들리던 나뭇가지는 이제

바람이 불어와도 그 바람에 몸을 맡긴다.

책을 마감하며 그동안 지나온 시간을 돌아보는 계기가

되어 행복을 선물로 받았다. 다시 시간을 돌린대도 어쩔

수 없는 선택을 하게 될 사람이지만, 적어도 이제는 소모

적인 일에 감정과 시간을 쓰지 않을 수 있을 것 같다.

'인간은 누구나 외롭다'라는 흔한 말이 있다. 외로움이

밀려오면 나는 그 파도에 올라탄다. 그것이 내가 나를 반

듯이 세우는 길일 테니.

오랜 시간 믿고 맡겨주신 '한겨레출판 편집부'에 진심의

감사를 드린다. 내 음악과 글을 마음에 담아주는 사람들

께도. 덕분에 한 줄 한 줄, 한 음 한 음 오늘도 쓴다. 모든

비교, 비유, 비난에 초연하게, 끝까지 나의 음악을 할 수

있도록 흔들리는 배 위에서 먼 곳을 본다. 가까운 파도

는 지나가기 마련이니까.

노래는 시다. 마음속에 가득 고여 자연스레 입술로 흘러

나오는 영혼의 말이다.

정현우 × 조동희

정현우(이하 정) 《사랑을 사랑하게 될 때까지》는 작가님의
두 번째 산문집인데요. 작사가이자 가수로만 조동희를
알고 있던 사람들에게 작가 조동희를 소개할 차례입니
다. 그런 의미에서 두 번째 산문집을 내시는 감회가 어떠
신가요?

조동희(이하 조) 조금 부끄러운데, 그게 좀 설레는 부끄러움
이에요. 첫 산문집은 작사한 작업물들을 가사 모음집처럼
발표한 거라면, 이번에는 조금 더 신중히 이야기를 골랐
어요. 그래서 5년이나 걸렸어요. 그 사이에 오빠(조동진)도
돌아가시고 많은 일이 있었어요. 그러다 보니 뭐랄까 늦
어진 만큼 제 인생에 파도가 훨씬 많이 생기고 있었지요.

정 5년이면 짧다면 짧고 길다면 긴 시간이라는 생각이
드는데요.

조 한겨레출판에서 좋은 글만 나오면 된다며 독촉 없이
오래 기다려주셔서 지금까지 올 수 있었어요. 사실 그전

에 있던 글은 거의 안 썼다고 봐야죠. 그러니까 조금 많이 변한 것 같아요. 제가. 첫 번째 책은 영한 느낌이라면 《사랑을 사랑하게 될 때까지》는 하고 싶은 이야기가 차올라서 쓴 글이에요. 그래서 개인적으로 '이건 내 책이야. 내가 썼어.' 하고 선물할 수 있을 것 같네요.

정　나의 이야기가 다 담겨 있다는 선전포고 같은데요. (웃음) 설렘도 느껴지고요. 이번 책에서 독자가 주목해서 봐주면 좋겠다 혹은 어떻게 읽어주면 좋겠다 하는 점이 있을까요?

조　이 책이 가사에 대한 에세이잖아요. 제 작사가로서의 정체성으로 이 책을 쓰게 되었기 때문에 제가 썼던 글들이 노래가 되는 과정이 많이 나와 있어요. 그 노래를 누가, 언제 불렀는지도. 그리고 가사에 대한 에피소드들도요. 가능하다면 노래가 된 가사들, 글들은 나와 있는 노래를 들으시면서 읽으면 좋겠어요. 훨씬 생생하게 다가오지 않을까 하는 생각이 듭니다. 좀 생경할 수 있잖아요? 가사는 시와 달리 또 멜로디와 함께해야 더 깊이 와 닿으니까요.

정 그러게요. 책에 작사하신 곡에 대한 에피소드가 수록되어 있어서 마치 감독판 영화를 보는 듯한 느낌을 받았어요. 가사만 볼 때는 '참 좋다'에 그쳤을 감상도 '아니, 이런 의미가 담긴 거였어?' '이렇게 만들어졌구나'로 이어질 수 있었고요. 가끔은 작가 노트가 작품의 감상을 해치기도 하는데 오히려 더 풍부해졌달까요. 작가님은 어떤 편인가요? 작가 노트는 있는 게 좋다. 아니다. 해석은 독자의 몫이다. 둘 중에 고르라면요.

조 아, 저는 후자예요. 독자의 몫이다. 저는 영화 연출을 전공했는데 그때 좋아하던 영화들이 전부 친절하지 않은 영화들. 그러니까 막 내레이션으로 기승전결을 다 설명해주거나 권선징악으로 모든 걸 끝내버리는 그런 영화보다는 열린 결말, 우리에게 생각할 거리를 주는 영화가 좋았거든요.

그래서 제 글도 조금 그런 편인 것 같아요. 문장과 문장 사이를 빈틈없이 이끌기보다는 여백이 충분해서 우리가 각자의 것으로 만들 수 있는 글과 노래를 지향하죠. 사실 평소에도 예를 들어 〈나의 외로움이 널 부를 때〉나 〈어린 물고기〉 같은 노래의 자세한 내막을 알고 싶어 하는 분들이 많아요. 그런데 일부러라도 얘기를 좀 안 하는 편이에요. 왜냐하면 사랑을 많이 받은 노래들은 이미 각자의 배경 음악이 되어 있잖아요. 자기 인생만의 비지엠(BGM)이 되어서 그 안에 자신의 추억을 담고 사연을 녹였는데 굳이 '이건 이런 거야. 이런 뜻이야.' 이렇게 말하고 싶지는 않아요. 다만, 이번 책에서는 그 각자의 추억과 사연을 해치지 않는 선에서 저의 이야기를 조금 풀어냈어요. 개인적으로는 엄청 의외인(?), 제 신념을 부정하는(?) (웃음) 건데, 그저 그 노래의 가사를 가장 잘 아는 사람의 사연이라고만 생각해주시면 좋겠어요.

정 혹시 책에 담지 못한 에피소드가 있다면 이 자리에서 하나만 공개해주실 수 있을까요?

조 　출판사에서도 아쉬워하는 부분이기는 한데, '작사의 시대'라는 작사 클래스를 2년 반 정도 해왔어요. 그 수업이 굉장히 특별하고 또 재미있거든요. 지금도 계속하고 있고요. 그 이야기가 많이 담기지 않아서 출판사에서 작사의 시대 이야기만 따로 내려고 준비하고 있는 거 아니냐고 (웃음) 장난으로 말씀하셨는데, 정말 그래도 될 정도로 참여하신 분들, 그 사연들도 구구절절 재미있고 작품도 좋고 그 과정에서 제가 많이 배우기도 해요. 그렇지만 그걸 쓰려면 또 일이 너무 커지는 거 아닌가 싶어서……. 나중에 기회가 되면 '작사의 시대'라는 책은 한번 내고 싶기도 하네요. 아, 물론 참여 예술로서.

정 　작사의 시대의 어떤 내용을 담고 싶으신 거예요?

조 　저는 그곳에서 만난 사람들 이야기를 쓸 것 같아요. 작사에 관한 내용은 워크북으로도, 언제든지 쓸 수 있으니까요.

정 되게 다양한 직군의 사람들이었죠?

조 네. 아주 다양하죠. 작사의 시대는 수업이 일종의 '테라피'라고들 해요. 수강생분들의 수업 초반과 후반 모습이 달라지는 걸 보면 저도 놀랄 정도인데요. 처음에는 한 문장도 못 쓴다고 했던 분들이 하고 싶은 이야기들을 찾고 나면 가사를 주르륵 써요. 저는 10주 동안 그걸 끄집어내주는 과정을 담당하죠. 그때 레퍼런스로 삼았던 책이 《아티스트 웨이》인데, 그 책처럼 자신을 발견해나가는 과정, 그 훈련에 대해서도 써보고 싶네요.

영화, 음악, 문학. 내 인생의 삼위일체

정 책의 첫 장에 작가님의 어린 시절 이야기가 나오는데요. 읽다 보면 어릴 때부터 남다른 감성을 지닌 아이였다, 역시 타고나는 건가 하는 생각이 들어요. 혹시 작가님의 어린 시절을 자극했던 게 있다면요?

조　어렸을 때 제 환경이 좀 다르긴 했을 것 같아요. 아버지가 영화감독이셔서 어릴 때부터 영화판에 같이 다니거나 영화 하시는 분들이 밤늦게까지 집에 계시다 갔던 그런 기억들이 생생하게 나요. 되게 활기찼던. 그렇게 좀 여유 있게 살다가 단칸방 신세가 되었는데, 영화가 원래 한 번 망하면 크게 망한다고 하잖아요. 그 어린 나이에 계속 어딘가에 적응해야만 했던 게, 남의 시선을 의식하지 않게 된 가장 큰 이유이지 않을까 싶네요.

또 제가 유치원은 안 다니고 계속 집에 혼자 있었거든요. 그때 하루 종일 전축 가지고 놀고, 카세트덱에 녹음도 해보고, 〈주말의 명화〉는 빠지지 않고 챙겨 보면서 혼자 노는 법을 터득했죠. 그런 것들이 합쳐져서 어쩌 보면 '예술적인 기회들'이 많이 주어졌던 것 같고, 혼자 있는 시간이 많다 보니 생각도 많이 하고, 놀 거리가 없으니 주위 풍경만 계속 바라보고 생각하고 영화 보고 생각하고, 음악 듣고 생각하고 뭔가 떠오르면 원고지에 적어보고…….

결국 그게 제 인생의 삼위일체, 영화, 음악, 문학을 만들지 않았을까요. 그 세 가지의 결합이 지금의 저를 만들었어요. 지금도 완성된 모습은 아닙니다만, 저 세 가지로 저를 정의할 수는 있을 것 같아요.

정   집안 내력이 다 예술인들로 가득 차 있으니까……. 가족들이 모두 훌륭한 음악인이신데요. 또 한 사람의 음악인으로 성장하는 데 그러한 것들이 어려움이 되지는 않았나요? 작가님이 음악을 하겠다고 했을 때 반대나 만류는 없었는지 궁금합니다.

조   그런 건 없었어요. 어느 정도 컸을 때 부모님은 안 계셨고, 오빠들은 제가 영화를 하다가 음악을 한다고 했을 때 절 따로 불러 상담 같은 걸 하지도 않았고요. 자연스럽게 '하나음악'에 드나들면서 기회가 생겼어요. 주변 사람들이 '야 너 음악 해' '노래해봐' 이렇게 부추긴 것도 있고. 그러다가 외부에서 제 글을 보고 가사 의뢰가 들어왔어요. 나중에는 하나음악에서 가사를 쓰면서 작사가의 길을 자연스럽게 가게 된 거죠.

그렇게 작사가로 20대를 다 보냈어요. 사실 오빠들이 워낙 큰 나무이니까 기대고 싶을 때가 있을 텐데, 두 분이 먼저 손을 내밀어준다든가 더 챙겨준다든가 하는 걸 워낙 안 하셨어요. 오히려 더 차갑게, 저를 조금 더 성숙하게 하려고 하셨던 것 같아요. 그걸 두고 어떤 기자님이 '조동희는 너무 큰 나무 밑에서 시들지 않고 그 옆에 다른 나무를 심었다.' 이렇게 기사를 써주셨는데, 그게 너무 좋았어요.

정 '큰 나무 옆에 다른 나무를 심었다'라는 말…… 정말 좋은데요. 이제 반대로 작가님이 누군가의 큰 나무이시잖아요. 책에도 나오는 〈꽃사과〉의 가사가 세 아이의 엄마로서 아이들에게 들려주고 싶은 이야기라고 하는데요. 작가님께 엄마라는 존재는 어떤 것일까요?

조 하, 엄마. 글쎄요…….

정 말을 이어주세요. (웃음)

조   제가 엄마가 될 줄은 몰랐어요. 결혼에 뜻이 없었고, 아이도 생각 없었거든요. 나처럼 여행 좋아하고 떠나고 싶어 하는 자유로운 영혼의 사람이, 글쎄요. 그런데 엄마가 되고 아이가 생기니까 모든 아이들이 다 예쁘고, 제가 얼마나 아이 같은 사람인지 오히려 알게 되었어요. 애들이랑 노는 게 진짜 재밌어요. 저도 그럴 줄 몰랐는데, 지금도 그 세 명이랑 놀 때가 제일 재밌는 것 같아요. 〈꽃사과〉 가사에도 '진공관 속의 시간들'이라는 표현을 썼는데 딱 그런 느낌이랄까요. 이 세상에 우리만 동떨어진 느낌으로 이런 시간을 보내는구나 하는. 물론, 물리적으로 힘든 것들도 많아요. 그렇지만 인생에 좋은 친구들을 얻었다는 느낌이 아주 보람차죠.

정   또 조동희 하면 사랑을 빼놓을 수 없죠. 작가님이 말하는 사랑이 그저 연애와 같다고는 생각되지 않아요. 책 제목인 '사랑을 사랑하게 될 때까지'라는 문장도 인상 깊어요. 조금만 더 설명해주신다면요?

조 　저는 제 인생에서 가장 중요한 게 뭐냐고 물었을 때 사랑과 사람, 이렇게 두 가지라고 생각해요. 결국에 사랑이 모든 것을 해결해줄 수 있을 것도 같고요. 우리가 겪는 문제의 해답은 사랑에 있을 텐데 말씀하셨다시피 연애와 동일하다고 생각하지는 않아요. 이성 혹은 동성 간에, 사람이 사람한테 하는 '사랑해'로 끝나기보다는 더 큰 느낌의 사랑이라는 것 자체. 현우 작가님은 어떻게 생각하세요? 사랑이 뭐 같은가요?

정 　사랑이요? 갑자기 이쪽으로.

조 　당황스러워하시는 것 같은데…….

정 　그러게요. 사랑은 끝없이 주는 나무?

조 　진짜? 끝없이 줄 수만은 없을걸요? 그럼 화날걸요?

정 　그러니까요. 빼앗기기도 하고 주기도 하고 하는 것 같은데, 사랑의 개념을 정의하려니 어렵네요.

조   제가 생각했을 때는 사랑에는 소유가 포함되지 않는다고 생각해요. 소유. 사랑하니까 가져야 되는, 이런 건 자신만을 위한 거죠. 그러니까 사랑이라는 건, 제가 이제 아이를 키우면서 더 크게 느끼는 것도 있지만, 서로가 편안하고 행복하고 더 나아지는 방향을 모색하는 것, 그리고 그러한 상태가 아닐까 생각해요. 상대방이 행복할 때 나도 같이 좋아지는 것, 그 왜 현우 작가님 찹쌀이(강아지)가 맛있는 거 먹고 있으면 기분 좋은 것처럼요. 그게 사랑이지 않을까요.

노래는 시로부터, 시는 노래로부터

정   책에 시집에 관한 이야기가 꽤 자주 나오는데, 시집을 읽고 눈물 흘리는 장면이라든지, 시집을 많이 좋아하셨던 것 같아요. 시가 작가님의 가사나 곡들에 많은 영향을 끼치던가요?

조　정말 많이요. 제가 처음 선물받은 시집이 이해인 수녀님의 《두레박》이라고 공전의 히트를 했던 책이었어요. 제가 성당을 열심히 나가지는 않았지만 가톨릭이어서 그 시집을 보고 어떤 시적인 사유를 많이 하게 되었고 그다음부터 시를 좋아하는 친구들과 교류하게 되었던 것 같아요.

정　그러면 시를 노래에 담아야겠다는 생각은 언제부터 하신 거예요?

조　아니요. 시를 담아야겠다는 생각을 한 적은 없어요. 다만 글이라는 것은 본 대로, 생각한 만큼 나오는 건데 시를 자주 보니까 이제 무엇을 써도 라임이 생기고 약간의 리듬이 생기는 거죠.
그런데 이게 초반에 작사를 하면서 가장 많이 들었던 소리가 '지금 시 쓰니?'였어요. 나름의 부작용이죠. 왜냐하면 가요와 시는, 가사와 시는 차이가 있어요. 가사에는 그에 적합한 리듬이나 발음이 있는데 청각적인 부분에 의존하는 장르이기 때문에, 그 부분을 고려하지 않고 운문으로만 승부를 보는 건 십자가 차고 절에 가는 것과 마찬가지일 거예요. 지금은 오래 하다 보니까 그런 얘기도 '시적인 가사를 잘 쓴다'는 소리로 바뀌어 들려오곤 합니다.

정   그럼 노래는 시로부터 왔다고 생각을 하시는 건가요?

조   일단 노래는 시로부터 왔다고 생각하는데, 그 옛날에 정가라는 게 있었잖아요. 시조를 노래로 부르면서 정가라는 장르가 생긴 건데, 공부를 좀 하고 보니 오히려 시가 노래로부터 왔다고 하더라고요. 구전되는 노래, 흥얼거리는 가락을 받아 쓰면서 시가 시작되었다고 해요. 그러니까 결국 노래는 시로부터, 시는 노래로부터. 서로 영향을 주고받은 거죠. 그래서 저는 노래와 시가 서로 긴밀

하게 연결되는 그런 장르가 개척되면 좋겠다고 생각해요.

정 저도 작가님이 쓴 노래들이 시와 비슷한 부분이 많다고 생각하는데요. 저는 시와 음악이 공유하는 부분이 메타포를 가지고 있다는 거라고 생각해요. 영화 〈일 포스티노〉의 마지막 대사가 '선생님 온 세상이 무언가의 메타포라고 생각을 하시는 건가요?' 식의 질문이었어요. 메타포는 어디에 있는 걸까요?

조 거기에서 뭐라 그랬나요? 저도 그 영화 굉장히 좋아하거든요. 그런데 기억이 안 나네요. 다만 저는 우리 삶에 있다고 생각해요. 우리 왜 증강현실로 포켓몬 잡으시는 분들이 아직도 많이 계신데, 어떻게 보느냐에 따라 우리 주변에 메타포는 널려 있죠. 생각하는 방식이 어떤지, 어떤 창을 통해 세상을 바라보는지에 따라 메타포가 출현하거나 안 보이게 되는 거죠.

정 네. 공감합니다. 사실 시도 부둣가에 버려진 소라 껍

데기랄지 아니면 풀려버린 운동화 끈이랄지, 이런 모든 것들이 소재가 되는 거거든요.

조   아무래도 시인님이다 보니까 비유가 정말 좋네요.

정   (웃음) 지금은 시인의 입장으로 말씀드리는데, 또 작가님의 가사를 보면서 느끼는 점은 오브제를 굉장히 아름답게 잘 쓰신다는 거였어요. 어떻게 이런 오브제들을 쓰실까 싶었거든요.

조   저희가 좀 비슷한 게 많죠.

정   거의 한 99퍼센트? 유리, 오르골, 스테인드글라스, 소라, 빛. 제가 좋아하는 소재들이 작가님 글에 다 모여 있어요. 그런데 그런 오브제들이 생각보다 일반적인 가사에서 쉽게 찾아볼 수 없거든요. '유리강' 없잖아요. 오르골도 잘 안 나오고.

조 생각해보니까 정말 다른 노래 가사에는 그런 오브제를 많이 쓰지 않는 것 같아요. 그러니까 제가 돈이 안 되잖아요. (웃음)

정 그럼 이제 '최소우주' 이야기를 좀 해보려고 하는데요. 책에 '동쪽 여자'라고 본인을 표현하셨어요. 더불어 '최소우주'라는 말이 조금 낯설고 멋지게 느껴집니다. 작가님이 속해 있는 곳의 이름이기도 하고요.

조 '최소우주'는 프랑스 어느 기차역에서 갑자기 지은 이름인데, 칼 세이건의 《코스모스》에서 영감을 좀 얻었어요. 제가 딱 이름을 짓고 나서 정말 잘 지었다 싶은 것 중 하나이기도 하고요. 저는 각자 하나의 완벽하지는 않지만, 완전한 우주들이라고 생각해요. 멀리서 보면 모두 다 하나의 점일 뿐이지만, 가까이 보면 무수한 사연과 감정과 생각들로 이루어져 있는. 더욱이 코로나 때문에 우리가 조금씩 더 떨어져 있는 와중에는 남과 경쟁해서 앞서 나가기보다는 각자 자신의 우주를 돌아가게 한다고 생각해요.

어쩌면 인본주의적 관점을 표방하고 있을지도 모르겠네요. 모두가 존중받아야 마땅하다라는. 이렇게 거창하게 말해도 표면적으로는 제가 제 음악을 하기 위해 만든 레이블이고요. 이런 뜻을 제가 평소에 자주 비치고 다니니까 저랑 뜻이 맞는 분들이 함께해주시려고 많이 모여들고 있습니다.

정 저는 영원히 함께 하겠습니다. (웃음)

조 네, 정현우 작가님도 '최소우주'로 오셨고요.

정 그럼 대담을 마치며, 마지막까지 지키고 싶은, 하고 싶은 일이 있다면 소개해주시면 감사하겠습니다.

조 저는 세상이 어떻게 돌아가더라도 노래는 사람이 하는 일임을 입증하려고 하거든요. 우리 〈부산행〉이라는 영화를 보면 마지막에 좀비가 창궐할 때, 좀비인지 사람인

지 구분하기 위해 노래를 불러요. 노래를 부르니까 사람
이라는 거죠. 그러니까, 그 노래의 역할에 충실하고 싶은
뮤지션이에요. 노래와 사람, 둘을 놓지 않고 계속 좋은
노래를 만들고 싶습니다.

정 그 투명하게 빛나는 꿈 꼭 지켜나가시길 바라겠습니
다.

조 '최소우주'의 슬로건이죠. 우리는 모두 투명하고 작
고 완전한 우주, 그 사이를 잇는 음악.

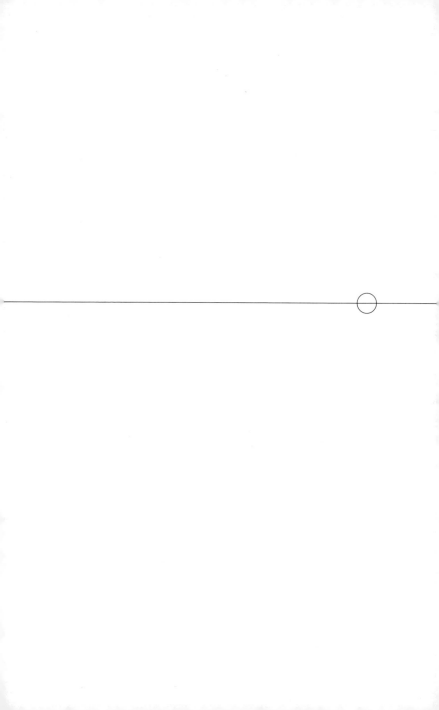

사랑을 사랑하게 될 때까지
ⓒ조동희 2021

초판 1쇄 발행 2021년 10월 29일
초판 2쇄 발행 2021년 11월 22일

지은이   조동희
펴낸이   이상훈
편집인   김수영
본부장   정진항
문학팀   김다인 김준섭 하상민
마케팅   김한성 조재성 박신영 조은별 김효진
경영지원   정혜진 이송이

펴낸곳   (주)한겨레엔 www.hanibook.co.kr
주소   서울시 마포구 창전로 70(신수동) 화수목빌딩 5층
전화   02-6383-1602~3
팩스   02-6383-1610
대표메일   munhak@hanien.co.kr

ISBN 979-11-6040-668-9 03810